Uli Brée

Die Liesl von der Post – Zwei Frauen und (k)ein Mord

Uli Brée

DIE LIESL VON DER POST

Zwei Frauen und (k)ein Mord

Band Eins:

JUGENDSÜNDEN

ueberreuter

MIX
Papier | Fördert gute Waldnutzung
FSC® C106954

1. Auflage 2024

978-3-8000-9023-5

Covergestaltung: Saskia Beck | s-stern.com
Satz: Lisa Wilfinger | Carl Ueberreuter Verlag
Lektorat: Caroline Metzger
Druck und Bindung: Imprint d.o.o. | Ljubljana, Slowenien

www.ueberreuter.at

INHALT

Normalerweise steht an dieser Stelle: „Jegliche Ähnlichkeiten mit lebenden oder toten Personen sind rein zufällig und nicht beabsichtigt."

In diesem Fall geht das nicht, denn es gibt sie, die Liesl von der Post, auch wenn sie in Wirklichkeit Michi heißt. Ich lebe in einem netten kleinen Ort in Tirol, wo jeder jeden kennt. Unsere Briefträgerin, die Michi, bleibt gern für einen Ratscher bei uns am Gartentor stehen. Sie hat immer ein paar Leckerlis für die Hunde dabei und den Motor von ihrem verbeulten Postauto lässt sie auch immer laufen. Die Michi ist gern daheim und fährt nie fort. Witzigerweise hat sie einen Freund, der Fernfahrer ist. Diese Kombination diente mir als Inspiration. Nur Krimis löst sie keine. Und Morde passieren bei uns im Ort auch eher wenige.

Ich habe einmal in einem Interview mit einem namhaften Autor gelesen, dass er nur über Dinge schreibe, die er kenne. Wenn wir das alle tun würden, gäbe es wohl weitaus weniger Krimis. Und doch verstehe ich, was er meint. Es ist durchaus hilfreich, am Land zu leben, wenn man übers Land und seine seltsamen Gepflogenheiten schreibt. Vieles von dem, was Sie hier lesen werden, kenne ich aus eigener Erfahrung, auch wenn alle weiteren Personen, Handlungen und Örtlichkeiten völlig frei erfunden sind. Sollten Sie sich also in irgendeiner Form in dieser Geschichte wiedererkennen und mit einer Sammelklage, Verleumdungen oder persönlicher Kränkung liebäugeln, bitte ich Sie höflichst, davon abzusehen. Um es mit dem großen Nestroy zu halten: „Ist alles Chimäre, aber mich unterhalt's."

– Uli Brée

TEIL EINS

Das Unglück, die Liesl, das Begräbnis, das Vermächtnis und ein noch viel größeres Unglück

Please don't go!

Liesl beschleunigt auf der lang gezogenen, leicht abschüssigen Kurve rauf auf einen 70er, schaltet kurz vor der Stöttlbachbrücke einen Gang runter und dreht den Motor in den roten Bereich. Dann kommt auch schon die Kuppe und sie hebt mitsamt ihrer gelben Rakete ab und fliegt bei günstigem Wind bis zum Ortseingangsschild.

Sie schnappt sich das kleine Paket vom Beifahrersitz und steigt aus ihrem verbeulten Postauto. Den Motor lässt sie laufen. Wie das halt so ist am Land. Da würde sie ja deppert werden, wenn sie den jedes Mal neu starten würde. Reicht schon, wenn sie an die Kupplung denkt. Sie hat sich einmal ausgerechnet, als ihr fad war, wie oft sie an einem Vormittag die Kupplung tritt.

Liesl geht auf das alte, mit violetten und weißen Geranien überreich verzierte Häuschen von der Schamberger Magdalena zu. Eine eigenwillige Sitte, dass am Land immer erst der Nachname genannt wird. Nur bei der Liesl ist es anders, aber vielleicht nur, weil sich keiner mehr wirklich dran erinnern kann, wie sie mit Nachnamen heißt. Und „die Post-Liesl" klingt halt nicht so schön wie „Die Liesl von der Post". Da denkt ein jeder gleich einmal an Operette.

344-mal! An einem Vormittag. Wieso die keine Automatikautos bei der Post haben, wird Liesl für immer ein Rätsel bleiben. Da ist einen Mord aufklären ein Kinderspiel dagegen.

Sie marschiert auf das prachtvoll renovierte Häuschen zu. Die Schamberger war lange Jahre die Vorsitzende vom Dorfverschönerungsverein, kein Wunder also, dass ihr Haus so aussieht, wie es aussieht. Und im Kirchenchor spielt sie Gitarre. Und wer es genau wissen will, sie war nie verheiratet.

Liesl klopft mit dem schönen alten Metallklopfer an. Eine Klingel gibt es nicht. Die würde auch nichts nützen, bei dem

Lärm, der aus dem Haus dringt. Wobei, Lärm ist nicht ganz richtig. Schmuserock wäre stimmiger. Liesl kennt die Nummer: „Please don't go", KC and the Sunshine Band. Ist auf *Schmuserock für romantische Stunden, Volume 1*. Das ist eigentlich eine ganze CD-Box. Ja, Liesl hat noch CDs, auch wenn ihre Freundin Barbara sie dafür auslacht. Liesl steht dazu. Aber nur, weil ihr nix anderes übrig bleibt.

Während Liesl vor der rustikalen Holztüre wartet, an der auch noch an einem grünen Samtbandl ein kleiner selbst gemachter Kranz hängt – die Schamberger ist ja schließlich auch im Öder Brauchtumsverein –, dringt aus dem Haus: „*I want you to know that I'm gonna miss your love the minute you walk out that door.*" Wie passend, denkt Liesl. Dabei fällt ihr Blick auf das rostig-rote Mountainbike, das an der schönen alten Holzbank lehnt, die die Schambergerin sicher selber abgebeizt und renoviert hat. Keine Ahnung, welchen Verein es dafür wieder gibt. Irgendwie passt das Radl nicht in das perfekte Bild.

Dass man am Land den Nachnamen zuerst nennt, kommt übrigens aus dem Mittelalter. Bis dahin hatten alle nur einen Namen. Aber weil es dann immer mehr Leute wurden in Tirol und man sie nicht mehr unterscheiden konnte, hat man ihre Berufe dazugesagt: der Müller-Josef, der Bauer-Karl, der Nah-&-Frisch-Walter. Warum jetzt die Schamberger Magdalena Schamberger heißt, darauf hat Liesl auch keine Antwort.

„Magdalena!?", ruft sie und klopft erneut. „Du musst mir was unterschreiben!" Noch immer keine Antwort. „*So please don't go, don't go, don't go away*", singen sie und KC, der eigentlich Harry Wayne Casey heißt, nun gemeinsam, während sie hinters Haus in den perfekt gestalteten Garten geht und durch die große Terrassentüre lugt, die die Magdalena vor ein paar Jahren nachträglich hat einbauen lassen. Sehr stimmig, das Ganze. Und überhaupt kein Störfaktor. Manchmal haben die

Leute ja gar kein Gespür für so was. Aber die Magdalena schon. Das muss man ihr lassen.

Da drinnen ist niemand zu sehen, denkt sich Liesl, bis auf den Umstand, dass die Schiebetüre einen Spalt offen steht. Und bevor sie das Packerl wieder einpackt und mit zurück auf die Post nimmt und die Magdalena dann wieder zum Nah & Frisch fahren muss, wo jetzt auch die Post untergebracht ist – man hat ja schließlich einen ökologischen Fußabdruck zu verlieren –, geht sie lieber rein und schaut, ob die Magdalena vielleicht nur gerade vor ihrem alten Wäschetrockner steht und die Liesl einfach nicht gehört hat.

„Schambergerin?"

Was Liesl nicht sieht, wie sie die frisch restaurierte Zirbenstube mit den vielen schlichten Heimatbildern betritt – Magdalena hat einmal am Wifi einen Malkurs belegt –, sind die nicht mehr ganz so weißen Arbeitsschuhe mit den blutigen Flecken, die unter den selbst genähten Vorhängen mit der grünen Samtbordüre hervorlugen. Wahrscheinlich hatte die Schamberger von der Bordüre noch was übrig gehabt und draus Bandln gemacht für Weihnachtsgeschenke oder nette Kranzln. Magdalena ist Vorsitzende vom Adventverein.

„Hallo? Da ist die Lieselotte von der Post", ruft sie noch ein bissel lauter und bestimmter, um Casey mit seinem nervigen „Please don't go" zu übertönen, das aus einem der hinteren Zimmer kommen muss. Und gerade wie Liesl weitergeht in Richtung Schmuserock, huschen auch schon die nicht mehr ganz so weißen Schuhe mit den blutigen Flecken zur Terrassentüre hinaus. Klar, dass nachher das rostig-rote Radl verschwunden ist.

Liesl steht inzwischen vor der Schlafzimmertüre. Ein letzter Versuch. Sie klopft sachte an und fragt: „Magdalena, alles okay bei dir?" Wieder keine Antwort. Und bevor jetzt „Why can't we live together" ertönt, macht sie lieber die Türe auf, den Song mag sie nämlich nicht und versteht bis heute nicht, was so eine negative Aussage auf *Schmuserock für romantische Stunden* zu suchen hat.

Ob allerdings das, was sie jetzt sieht, romantisch ist, sei dahingestellt. Auf einen Sitz kriegt sie keine Luft mehr, ihr Herz legt eine Vollbremsung hin, ihr Kreislauf tanzt Cha-Cha-Cha, dann wechselt er ins Notprogramm. Eine Hundertstelsekunde später rutscht sie mit dem Rücken am Türstock hinunter, das Packerl fällt ihr aus der Hand und geht zu Boden. Genau wie sie. Sie kann gerade noch am Handy auf Barbaras Nummer drücken: „Kannst du herkommen? Ich bin bei der Schambergerin." Das Letzte, was sie denkt, ist: Verdammt, der Motor läuft. Dann fliegt auch schon die inwendige Sicherung und Liesl hat einen kompletten Stromausfall.

Lieselotte

Niemand weiß, wie Liesl eigentlich mit Nachnamen heißt. Sie weiß es selber nicht mehr so genau. Dazu müsste sie mal in ihrem Pass nachschauen, aber den hat sie bis jetzt nur einmal gebraucht in ihrem Leben und dann nie wieder. Und Post bekommt sie auch nicht, obwohl sie bei der Post arbeitet. Aber nur weil man Post austrägt, bedeutet das ja nicht, dass man auch Post bekommt. Für die Leute in Öd ist sie einfach die Liesl von der Post.

Die Liesl hat Öd erst einmal verlassen, da ist sie aber nicht weit gekommen. Klar, sie war schon mal in der Landeshauptstadt in der Postzentrale, aber so richtig weit weg war sie noch nie. Einmal, als sie noch ein Kind war, ist sie mit ihren Eltern nach Salzburg gefahren, aber am deutschen Eck hat sie schon so derartig Heimweh bekommen, dass ihr Vater schließlich bei der nächsten Ausfahrt rausgefahren ist und umgedreht hat. In Wahrheit war es ihm eh recht und der Mama auch.

Liesl ist einfach gern daheim. Sie hat nichts gegen die Welt da draußen, sie hat nur überhaupt keinen Drang, sie kennenzulernen. Wozu auch? In Öd ist es wunderschön. Vielleicht manchmal ein bisschen öd, aber dafür gibt es ja noch Oberöd und Unteröd. Oberöd hat zum Beispiel einen Nah & Frisch zu bieten, da ist auch die Post untergebracht, nachdem sie die anderen Filialen geschlossen haben. Und eine Kirche und einen Friedhof hat's auch. Außerdem gibt es in Öd einen Recyclinghof. Das ist quasi der moderne Dorfplatz. Zwischen Altpapier und Glascontainer trifft man sich jeden Samstag und tauscht den neuesten Tratsch aus. Und die Diskont-Tankstelle am Ortseingang ist die neue Wasserstelle. Da hockt jeden Abend auf mitgebrachten Campingstühlen die Jungbauern-Dorfelite mit ihren aufgemotzten Kleinwägen und wartet darauf, dass was geschieht. Es geschieht natürlich nix. Aber das hat auch was Verlässliches und Beruhigendes an sich, wenn man bedenkt, was sonst so alles in der Welt passiert.

Einen Badesee gibt's auch, mit Algen und einem Kiosk. Wenn kaltes Wetter ist, gibt's keine Algen, aber auch keinen Kiosk. Der Brenner Rudi wollte einmal einen Campingplatz am See errichten, aber die Gemeinde hat sich quergestellt. Seitdem ist er im Clinch mit dem Gemeinderat. In letzter Zeit wird gemunkelt, dass eine internationale Investorengruppe ein riesiges Wellness-Retreat direkt am See errichten will. Viel Spaß mit den Algen.

In Unteröd gibt's sogar ein Businesscenter aus Waschbeton. Aber das steht leer. Da hat sich schon einmal ein Investor verspekuliert. Alle anderen hätten ihm das vorher schon sagen können. Es heißt aber, dass da jetzt bald ein Friseur oder ein Brautmodenladen reinkommt. Aber das sagen die Leute schon seit Jahren. Bis das passiert, sind die meisten schon wieder geschieden. Einen Prominenten kann Öd übrigens auch vorweisen. Aus der Schlagerbranche.

Die Schottergrube gehört der Schwester vom Brenner Rudi. Die zwei sind allerdings spinnefeind. Aber mit wem ist der Brenner Rudi das nicht?

Gleich an der Bundesstraße liegt das *Inferno* vom Mike, aber das *Inferno* hat schon ewig geschlossen, weil der Mike mit seiner Disco irgendwann pleitegegangen ist. Ende der 90er. Aber das heißt nix, weil der Mike immer pleite geht. Da, wo jetzt das Businesscenter steht, hat er früher auch mal eine Videothek gehabt, aber wie dann nach der DVD auch noch das Streaming aufkam und keiner mehr Videos ausgeborgt hat, hat er zusperren müssen. Und gegenüber vom Waschbetoncenter ist das Gemeindeamt, da ist auch die Polizeidienststelle drin, die sie jetzt zusammengelegt haben mit den Gendarmerieposten von den ganzen anderen Gemeinden. Aber „Gendarmerie" sagt man jetzt nicht mehr. Ein Wunder, dass die Polizei nicht auch im Nah & Frisch untergebracht ist, zwischen der Post und der Gemüseabteilung. Und dann wäre da noch der *Jägerwirt*. Das einzige Gasthaus in der Gegend, das noch offen hat. Ansonsten gibt es nur noch das *Flamingo*, da gibt's Kebap und Pizza. Betreibt der Adil. Ein ganz ein netter Syrer, der sich entweder als Türke ausgibt oder als Italiener, hängt davon ab, was man bestellt. Da ist er flexibel.

Das schmale Tal ist von herrlichen Bergen umgeben, die für Menschen, die von woanders kommen, eventuell auch wie hohe, sehr hohe Mauern wirken könnten. Außer für den Adil. Der kennt ganz andere Mauern, sagt er.

Den Toni darf sie natürlich auch nicht vergessen. Der steht jeden Morgen um drei viertel zwölf an der Dorfstraße und hält den Daumen raus, um zu seiner Mutter zu trampen. Fünf Häuser weiter. Mittagessen. Die Liesl klaubt ihn auf ihrer Route wortlos auf. Und um drei viertel zwei trampt er wieder zurück. Der Toni ist jetzt auch schon 50 und erst vor einem Dreivierteljahr daheim ausgezogen. Es ist immer das Gleiche, am Hinweg sagt die Liesl: „Grüß mir die Mama!" und der Toni sagt: „Richt ich aus." Und am Heimweg sagt der Toni dann kurz vorm Aussteigen, ohne dass die Liesl fragt: „Kohlrouladen" oder „Gulasch", je nachdem, was es zu Mittag gegeben hat. Und das war es dann auch schon wieder mit der angeregten Konversation.

Öd ist wirklich schön. Man muss die Schönheit nur sehen. Oder zumindest sehen wollen. Öd liegt übrigens gleich vor Oberöd und Unteröd am Anfang vom Okroatzertal. Der Name rührt daher, weil das Okroatzertal eine Sackgasse ist. Wer da reinfährt, muss irgendwann wieder umdrehen. Und wer nicht umdreht, kratzt irgendwann ab. So hat man das früher jedenfalls gesehen, wie es noch keine Autos und keine Straßen gegeben hat, nur Eselspfade. Aber das ist lange her. Sehr lange. Vielleicht sind die Enge des Tals und die Sackgasse die Gründe dafür, dass sich kaum Touristen da herverirren. Skilifte gibt's auch keine. Nur einen Badesee mit Algen und ein paar Wanderwege. Garantiert ein Grund dafür, dass Öd ein bissel der Zeit hinterherhinkt.

Liesls Freund Didi, der eigentlich aus Deutschland stammt, zieht sie manchmal auf: „Was kommt eigentlich nach Unteröd und Oberöd? Superöd und Megaöd?"

Er versteht sie oft nicht, aber er liebt sie. Und für die Liesl ist er der perfekte Mann. Didi ist Fernfahrer und nur sporadisch zu Hause.

„Warum soll ich woandershin fahren, dafür hab ich doch dich, Didi. Du kannst mir immer erzählen, wie die Welt da draußen ist." Und dann erzählt er ihr, wie spannend die Staus und die Rastplätze auf der A8 sind, und spätestens dann antwortet sie: „Und du fragst mich ernsthaft, warum ich nicht woandershin will!?"

Vielleicht liegt es aber auch daran, dass sie daheim in der guten Stub'n auf dem Sofa geboren ist. So etwas prägt. Das Sofa hat sie noch immer. Und in ihrem Elternhaus wohnt sie auch noch. Nur ihre Eltern nicht mehr. Die sind verstorben. Darüber redet sie nicht gern.

Wenn die Liesl ein Problem hat, dann das, dass ihr die Welt da draußen zu anstrengend und Öd zu öd ist. Vielleicht kommt daher ihr Gedanke, vielleicht ist es auch ein Wunsch, dass sie hinter allem gleich ein Verbrechen vermutet. Oder erhofft. Oder in Betracht zieht.

Ist schon komisch, vielleicht sind ja die Menschen so. Wenn das Leben zu idyllisch ist, dann misstrauen sie ihm. So ist es auch ein bisschen mit der Liesl. Aber es könnte auch sein, dass es daran liegt, dass sie als Postlerin immer einen Blick hinter die Postkartenidylle werfen kann. Sie kennt nicht nur jeden und jede in Öd, nein, sie kennt auch jeden Hund und jedes

Haus von innen und jeden Brief und jede Postkarte und jedes Paket und jede Mahnung und jede Vorladung und jeden Drohbrief und jede Rücksendung und sogar den einen Liebesbrief, der vergeblich nach Lavendel geduftet hat. Sie weiß, wie die Leute leben, was sie an Pension bekommen, wer gepfändet wird, wer kaufsüchtig ist, wer sich Sexartikel in neutralen Verpackungen bestellt und wer immer nur Anwaltsschreiben bekommt und sie vor ihren Augen in den Müll haut. Sie weiß, wer die ganzen Postwurfsendungen von vorne bis hinten liest, nur weil ihm nie jemand schreibt. Sie weiß, wer schon eine Stunde früher am Gartenzaun auf sie wartet, nur wegen ein paar Minuten Ansprache. Sie weiß, wo sie einen Kaffee oder einen Zirbenschnaps bekommt und wer sich im Stall versteckt, damit er die eingeschriebenen Briefe vom Finanzamt nicht annehmen muss.

Sie kennt ihre kleine Welt so derartig gut, so in- und auswendig, dass sie sich außerhalb von Öd nur verloren vorkommen könnte. Ja, sie würde wahrscheinlich durchdrehen und verrückt werden, weil sie sich da draußen, also außerhalb von Öd, bei jedem Haus, bei jedem Menschen, bei jedem Briefkasten fragen würde, welche Geschichte, welches Leben, welche Freude und welche Einsamkeit sich dahinter verbergen könnten. Und das würde sie um den Verstand bringen. Das weiß sie, rein instinktiv. Und genau deshalb bleibt sie in diesem kleinen Ort, auch wenn ihr der Himmel über Öd manchmal Kopfweh verursacht. Aber mehr als die 999 Einwohner mitsamt ihren Geschichten vertragen ihr Herz und ihr Verstand nicht. Weil sie doch immer gleich mitfühlt und sich reindenkt – in die Leben der anderen. Sie kann nichts dagegen tun. Romantische Komödien hält sie übrigens gar nicht aus. Danach kann sie nicht schlafen vor lauter Gefühl.

Dummerweise fühlt sie nämlich auch mit, wenn es den Menschen nicht so gut geht. Und wenn es wem ganz, ganz schlecht geht, sagen wir mal, wenn es wem so schlecht geht, dass er tot ist, dann wird ihr vor lauter Mitgefühl gleich einmal schlecht. Blöderweise trifft sie ständig auf Leichen.

Es ist nicht so, dass Verbrechen oder Krimis ihre Leidenschaft wären, es ist eher so, dass sie neben ihrer großen Empathie über einen ausgeprägten Gerechtigkeitssinn verfügt. Ihr ist es einfach zuwider, wenn das Böse siegt. Kurz gesagt: Die Liesl ist zu gut für diese Welt. So wie manche Menschen nur nach innen gekehrt sind, ist ihr Inneres nach außen gestülpt. Sie kann so schwer einen Hehl aus sich selber machen. Manchmal hat sie das Gefühl, sie trägt nicht nur die Post aus, sondern sich selber auch gleich mit dazu. Die Briefe sind vielleicht verschlossen, sie ist es nicht. Im Gegenteil. Die Liesl trägt, wie man so schön sagt, ihr Herz auf der Zunge.

Die Leute in Öd mögen die Liesl, auch wenn sie manchmal nervt, zu viele dumme Fragen stellt und sich für Miss Marple hält – nur in Gelb. Aber die Leute sehen ihr das nach, weil sie alle wissen, dass die Liesl alles über sie weiß. Und so was schweißt zusammen. Ob man will oder nicht. Es sei denn, man verlässt Öd. Aber wer will das schon ...

Wenn Gott weint

Es donnert und blitzt in der Ferne. Der Himmel ist wolkenverhangen und traurig. Gott droht immer wieder mit Regen. Er lässt ein paar Tropfen auf die Trauernden niedergehen, woraufhin diese in großer Einigkeit ihre schwarzen Schirme aufklappen. Nur einer ist gelb und wirkt wie ein Lichtblick, wie Sonne hinter den Wolken, dabei ist er einfach nur unpassend und ein Werbegeschenk. Liesl hatte keinen anderen im Auto. Was hätte sie tun sollen?

Kurz kommt die Sonne durch, gleich drauf wieder ein kurzer Schauer. Das ständige Auf und Zu der Schirme wirkt wie eine schlecht geprobte Choreografie, taktlos und unpassend zu „Ein bisschen Frieden", das der Kirchenchor mit ernster Miene singt, von Pfarrer Rahul auf einer zwölfsaitigen Gitarre begleitet. Magdalena fehlt! Obwohl sie da ist! Eigentlich müsste sie die Gitarre spielen und nicht der Pfarrer. Aber wie soll das gehen? Sie liegt nun mal in diesem Sarg und muss wortlos und leblos das Dilemma der allgemeinen Taktlosigkeit erleiden, bis sie endlich in ihr Grab darf.

Der Fuchsschwanz an der Gitarre irritiert Barbara. „Hast du nicht gewusst, die Magdalena war im Jagdverein", flüstert Liesl ihrer besten Freundin zu.

„Hm", wundert sich Barbara, „war die nicht auch im Tierschutzverein? Findest du nicht, dass sich das ein bissel beißt?"

„Schön formuliert", grinst Liesl sie an und fängt sich gleich einen bösen Blick von Pfarrer Rahul ein. Dabei ist sie gar nicht mehr bei seinem Verein, wenn wir schon so viel von Vereinen reden. Im Gegensatz zur Verstorbenen hat es Liesl nicht so mit solcherart Zusammenkünften und auch nicht so mit der katholischen Kirche. Aber das ist eine andere Geschichte. „Wie ist das eigentlich? Muss ich mich noch schuldig fühlen, wenn mich der Herr Pfarrer strafend anschaut, obwohl ich gar nicht mehr bei seinem Verein bin? Meine Schuld, meine Schuld, meine große Schuld."

„Psst!", hört sie die Frau Bürgermeister von der Seite zischeln. Und schon ist Liesl still. Zumindest für einen Moment. Dann wendet sie sich wieder an ihre Freundin: „Muss ich die Franzi da drüben überhaupt ernst nehmen, obwohl ich sie nicht gewählt habe?"

„Die hat keiner gewählt und doch alle. Wenn sich sonst niemand aufstellen lässt, ist es nicht schwer, die Wahl zu gewinnen", flüstert Barbara zurück.

„Psst!!!", kommt es streng von allen Seiten und die zwei sind endlich still. Zumindest für einen Moment.

Liesl blickt sich um. Wer da so alles gekommen ist, zum Begräbnis. Schon interessant. Natürlich die ganzen Vereinsmeier. Eh klar. Aber sonst sind schon auch einige Leute da, die sie nicht vermutet hätte. Gut, der Herr Dr. Gapp ist nur da, weil er der Dorfarzt ist. Das ist Pflicht. Am Land nehmen es einem die Leute ziemlich übel, wenn man nicht zu ihren Begräbnissen erscheint. Also, die Hinterbliebenen jedenfalls. Immerhin verzögert man beim Herrn Doktor ja um gutes Geld sein Sterben. Dann will man schon, dass er zum Abschied erscheint, auch wenn die Verzögerungstaktik irgendwann nicht mehr aufgeht.

Das ist ja überhaupt interessant, ihre Freundin Barbara ist immer nur die Gattin vom Herrn Doktor, obwohl die beiden gemeinsam studiert und dann die Praxis in Oberöd eröffnet haben. Praxis für Allgemeinmedizin Dr. Bernhard Gapp und Dr. Barbara Gapp. Was ist daran so schwer zu verstehen? Denken die Leute ernsthaft, dass die brave Gattin ihrem erfolgreichen Mann nur unter die Arme greift, wenn der viel beschäftigte Herr Doktor keine Zeit hat? Wahrscheinlich. Kann schon sein. Und trotzdem lassen sie sich von ihr behandeln. Vielleicht weil sie denken, es ist billiger, wenn sie nur die Frau vom Herrn Doktor untersucht und nicht ein echter Arzt.

„Stell dir vor, die stellt sogar Rezepte aus."
„Ja, aber nur, wenn es der Gott in Weiß abgesegnet hat."
So ist das am Land. Aber das heißt noch lange nicht, dass das richtig ist.

Und der da drüben, der gleich neben dem Herrn Doktor steht, ist Mike Donath. Der mit den schütteren, schwarz gefärbten Haaren. Sogar die Augenbrauen und den Oberlippenbart hat er sich gefärbt. Nur blöd, dass man überall schon wieder den Ansatz sieht. Mike ist einer von denen, die irgendwann den Absprung ins nächste Jahrzehnt verpasst haben. Er ist ein bissel wie eine Schallplattennadel aus den 80ern, die in der letzten Rille hängen geblieben ist und jetzt hängt und hängt und hängt und hängt. Und eine Spur zu viel Bauch hat er auch. Fragt sich, wie er immer noch in die schwarzen Röhrenjeans passt. Die haben wahrscheinlich einen Stretchanteil. Dass es die überhaupt noch zu kaufen gibt. Genauso wie die schwarzen Cowboystiefel mit den schrägen Absätzen. Das ist ja fast schon wieder modern, vielleicht nicht grad in Öd, aber anderswo auf der Welt, denkt Liesl und ist fasziniert. Und warum steht der Herr Doktor eigentlich da hinten beim Mike und nicht bei seiner Frau?
„Hm?"
„Ich hab dich gefragt, warum dein Mann nicht bei dir steht, sondern da hinten."
„Weil er zu spät gekommen ist. Wie immer. Der Herr musste ja noch Radl fahren."
Liesl nickt. Alles klar. Und wieder kommt von irgendwo ein strenges „Psst!!!" daher.
Das bisschen Frieden scheint überhaupt kein Ende zu nehmen, dabei hat man doch eher das Gefühl, dass die Kriege auf der Welt kein Ende kennen, denkt sich Liesl, obwohl sie nix von der Welt weiß. Aber dann ist sie auch schon still und hört zu. „Ich singe aus Angst vor dem Dunkeln ein Lied und hoffe,

dass nichts geschieht", singen sie jetzt gerade, der Walter Kröll und die Eva Krug und all die anderen Dorf-Bigotten. Eva hält auch noch den riesigen Schirm über den Pfarrer und seinen zwölfsaitigen Fuchsschwanz und währenddessen wirkt es so, als würde sie den Frieden anschreien und nicht herbeisehnen. Was für eine Wut hat die denn im Bauch? Da kann man ja richtig Angst bekommen. Naja, die war ja schon immer so verbissen. So einen tiefen Keller kann es gar nicht geben, wo die lachen geht. Fragt sich, wie der Andreas das so lange mit der aushält. Ah, da steht er ja. Mit seinem Sohn, dem Tobias. Der macht gerade eine Lehre beim Walter, das ist der Chef vom Nah & Frisch und der Mann von der neuen Frau Bürgermeisterin. Walter ist ein Netter. Ein Harmloser. Einer, der versucht, es immer allen recht zu machen. Und die neben dem Tobias ist Polizistin. Die Petra. Noch ganz jung. Aber auch eine Nette. Seine Freundin. Aber glücklich schaut anders aus. Gut, das ist unfair. Wir sind schließlich auf einem Begräbnis. Wer auf einem Begräbnis glücklich wirkt, kann nur der Mörder sein.

Und schon blickt sich Liesl mit zusammengekniffenen Augen weiter um. Sie kennt schließlich jeden im Ort. Sogar der berühmte Adam Möschl ist da, mit seiner Dietlinde. Der alte Weiberer ist so beliebt, weil er im Fernsehen *Was wäre das Paradies ohne Musi* moderiert und immer wieder einen Haufen Geld für die Feuerwehr und die Gemeinde spendet. Deshalb hat er auch seine Villa wo bauen dürfen, wo sonst keiner bauen darf. Aber den einen da hinten, den kennt sie nicht. Den ohne Regenschirm. Dem das Wasser in den Nacken rinnt. Unsanft stößt sie ihre Freundin Barbara in die Rippe, woraufhin die aufstöhnt und der Rest vom Trauerfest gleich wieder „PSST!!!" zischelt. „Kennst du den? Wer ist das?"

„Du hast mir wehgetan."

„Sorry, manchmal unterschätze ich meine Kräfte. Das kommt vom vielen Packerlschupfen."

„Wen meinst du, den Feschen da hinten?“
„Gibt’s noch einen?“
„Nein.“
„Eben. So was fällt auf. Der hat bei uns keine Postadresse. Das würde ich wissen.“
„Fesch.“
„Hast du schon gesagt.“
„Tatsächlich?“
„Ja. Der Mörder kehrt immer an den Tatort zurück.“
„Liesl, es gibt keinen Mord. Und das hier ist auch nicht der Tatort.“
„Bist dir sicher?“

Just in dem Moment endet das Lied vom Frieden. Oder nein. Zu früh gefreut. Es will enden, kann aber nicht. Pfarrer Rahul fährt noch einmal über die zwölf unschuldigen Saiten, als würde er die Verstorbene nicht gehen lassen wollen. Die Trauernden atmen erschöpft aus. Aber so leicht gibt Pfarrer Rahul nicht auf. Wieder fährt er drüber und legt seinen ganzen Schmerz in den Hall der Gitarre. Abermals stöhnen die Anwesenden auf, allerdings mit der Hoffnung, dass nun ein bisschen Frieden herrscht. Aber nein, zu früh gefreut. Noch einmal und noch einmal fährt er mit dem Plektron über die halb toten Saiten, als wäre die Gitarre eine Herzpatientin und sein Plektron ein Defibrillator. Und gerade wie er erneut über die Saiten fahren will, setzt die Bürgermeisterin brutal zum Applaus an und würgt den sinnlosen Rettungsruf des Pfarrers endgültig ab. Wir wissen nicht, wem in diesem Moment der Applaus gilt, dem verzweifelten Pfarrer oder der tapferen Bürgermeisterin. Da fängt der Inder mit *die lustige Aksent* auch schon zu reden an. Auch wenn das, was nun folgt, eher nicht so lustig ist. Zumindest für ihn.

„Eine ganz besondere Mitglied wurde überraschend aus unsere Mitte gerissen. Magdalena Schamberger.“ Er hält kurz inne. Einige befürchten bereits, dass er wieder zur Gitarre greift, aber dann spricht er weiter. „Und nur in die Glaube an die Herr finde wir Trost in unsere grenzenlose Schmerz." Und wieder stockt er, wieder versucht er, sich zu fangen, zieht unvermittelt den Rotz hoch und spricht dann weiter, wie ein Boxer, der zurück in den Ring steigt. „Magdalena hinterlässt eine Lücke wie kaum eine andere in die Gemeinde. Sie hatte immer eine offene Ohr für die Probleme anderer." Er stockt. Niemand weiß, ob es ihm gelingt, weiterzureden. Könnte man Wetten abschließen, würde Liesl eher nicht auf Sieg setzen. „Die Seelsorge war ihr Leidenschaft und ..." Jetzt ist es um ihm geschehen. Der Mann hält inne, er vergräbt sein Gesicht in seinen Händen. Er schluchzt fürchterlich, es schüttelt ihn, die Worte versagen ihm den Dienst. Eva reicht ihm verärgert, beinahe angewidert ein Taschentuch. So hat den netten Inder mit dem kindischen Akzent noch niemand gesehen und Liesl fragt sich, was es wohl damit auf sich hat.

Post-koital

„Und schon ist ein Leben verschwunden."

„In ein paar Kartons und ein paar Müllsäcken."

„Das war's dann."

„Amen!"

„Schon traurig. Überhaupt keine Verwandten."

„Kein Wunder, dass die sich überall so engagiert hat."

Liesl steht vor der alten, mit viel Liebe renovierten Kredenz in Magdalenes Zirbenstube mit dem schönen Erker und der Eckbank. „So eine Stub'n hat schon was Feines, da fühlt man sich gleich geborgen und daheim", seufzt sie.

Barbara reagiert da eher pragmatischer: „Die idealtypische Manifestation bäuerlichen Seins in Tirol."

„Wie du redest. Du verstehst das nicht. Du bist nicht von da."

„Und ob ich das verstehe. Sehr sogar. Ich finde das auch schön. Aber das hier ist ja wohl eher die Ausnahme. Die meisten Leute in Tirol pfeifen doch auf die Tradition. Bevor die ein altes Haus renovieren, reißen sie es lieber ab und stellen sich einen grauen Schuhkarton hin."

„So wie du, liebe Barbara."

„So wie mein Mann. Ich war immer dagegen", antwortet Barbara patzig.

Liesl betrachtet die vielen gerahmten Fotos auf der alten Kredenz. „Die Gemeinde war ihre Familie."

„Amen!"

„Hast du schon gesagt."

„Kann man gar nicht oft genug sagen."

Liesl ist so ergriffen von ihrem Mitgefühl, dass sie nach einem der aufwendig verzierten Fotorahmen greift, während Barbara stoisch Magdalenas Leben in Kartons verstaut. „Schau einmal, da war sie mit dem Herrn Pfarrer auf Pilgerfahrt. Fesches Dirndl. *Öd grüßt Lourdes*. Vielleicht hatten die ja was miteinander."

„Um Gottes Willen.“
„Vielleicht war er es ja.“
„Keiner war's, weil's keiner war!“
„Aber es könnt sein.“
„Nein!“ Genervt haut die Frau Doktor eine Holzfigur in den Karton.

Irgendwas irritiert Liesl. Bei der Magdalena ist immer alles so sauber und so aufgeräumt. Alles hat seinen Platz. Man hat fast das Gefühl, in einem Heimatmuseum zu stehen, wo man nix anfassen darf und jemand Buch geführt hat über sein ausgestelltes Leben. Es würde Liesl gar nicht wundern, wenn sie irgendwo im Nachlass einen Aktenordner finden würden, wo alle Gegenstände im Haus fein säuberlich aufgelistet wären. So wie auf der Gemeinde. Da hat die Magdalena ja noch bis vor Kurzem gearbeitet. Und da war sie berühmt und verschrien für ihre Akribie. Da stechen der alte Videorekorder und die antiquierte Videokamera und das ganze Kabelgewirx schon raus, die da auf dem Boden verstreut vor dem modernen Flachbildfernseher rumliegen. Es ist also wirklich kein Wunder, dass sich Liesl wundert: „Wer hat heutzutage noch einen Videorekorder?“

„Ich zum Beispiel. Wahrscheinlich wollte sie sich was anschauen. Von früher. Ist ihr wohl nicht gelungen. Da brauchst einen Scart-HDMI-Konverter.“

Liesl schaut ihre Freundin erstaunt an. „Wieso kennst du dich da so gut aus, Frau Doktor?“

„Ich hab jetzt einmal alle alten Familienvideos überspielt. Da hab ich so was gebraucht und ein unglaublich attraktiver Verkäufer hat mir erklärt, was mir fehlt.“

„Ach so!? Kabeltechnisch?“, grinst Liesl vielsagend.

„Rein kabeltechnisch. Leider.“ Barbara seufzt mit den Schultern und haut weiter wahllos und unkontrolliert die Weltordnung der Magdalena Schamberger in einen Karton zusammen. Am Ende ist alles für die Fisch'.

Wer hat heutzutage noch Tapeten, denkt sich Liesl, wie sie das Schlafzimmer betritt. Als sie das letzte Mal da war, ist ihr das gar nicht aufgefallen. Aber gut, da ist sie ja auch gleich umgefallen. Da hat man kein Auge für so was. Wenn man das gesehen hat, was sie gesehen hat, dann ist das so, als könnte man lange nix anderes mehr sehen. Als würden die Gedanken immer nur um das gleiche Bild herumkreisen. Und sobald man versucht, an was anderes zu denken, zum Beispiel an Tapeten, dann schiebt die Hundserinnerung einem auch schon wieder das gleiche Dia-Bild vor Augen. Eine Hüpfburg, in die wer eine brennende Zigarette gesteckt hat. Das Bild kriegt sie nicht und nicht mehr aus ihrem Kopf. Tapeten. Sie muss einfach an Tapeten denken. Das hilft. So ein klassisch barockes Ornamentmuster mit leicht schimmernder Seidenoptik hat schon was. Weinrot und Gold. Könnte sie sich für daheim auch mal überlegen. Das versprüht gleich einmal einen royalen Flair. Obwohl Liesl eigentlich nie was mit der Queen oder England am Hut hat. Und der Didi ja auch nicht. Vielleicht bleibt sie doch besser bei der Raufasertapete.

Das Bett passt eigentlich gar nicht dazu. Viel zu modern. Und wie sie sich draufsetzt, erst recht nicht. Was ist das? Was wackelt da so? Wie sie genauer schaut und die Tuchent und das ganze Zeug wegzieht, kommt sie drauf, dass das ein Wasserbett ist. Das passt überhaupt nicht zur Magdalena, es sei denn, sie war neben den ganzen anderen Vereinen auch im Ruderclub. Aber hier in den Bergen gibt's so was ja gar nicht. Komisch. Liesl käme nie auf die Idee, sich so was zu kaufen.

Genau da ist sie gelegen, die Schambergerin, in dem zerwühlten Wasserbett. Auf dem Rücken, mit dem Kopf über der Bettkante, und hat ihr direkt in die Augen geschaut. Diesen

Blick wird sie nie vergessen. Es war wie die unverstellte Sicht auf Magdalenas wahres Ich. Als hätte sie ihr direkt in die Seele schauen können. So offen lag sie da. Vor ihr. Und das nicht nur, weil sie splitterfasernackt war. Sie war vollkommen entblößt. Innen wie außen.

Aber bevor Liesl weiterdenken kann, steht auch schon Barbara da, mit einem leeren Karton in der Hand und einem vorwurfsvollen Blick im Gesicht: „Ich sollte dann bald mal wieder zurück in die Praxis, Lieselotte." Immer, wenn Barbara Lieselotte und nicht Liesl sagt, dann ist nicht mit ihr zu spaßen. Das kennt die Liesl schon .

Barbara geht in die Küche das schöne Gmundner Geschirr zusammenräumen, das heutzutage keiner mehr will, alle kaufen lieber das Klumpert vom Ikea. Ewig schad um dieses Leben, denkt Liesl. Vielleicht einfach alles so lassen, wie es ist, sich den Didi schnappen und hier einziehen. So ordentlich ist es bei ihr daheim noch nie gewesen.

Sie sollte jetzt echt was tun. Also öffnet Liesl den Kleiderschrank und es macht Bumm. Zumindest innerlich, sodass es sie fast schon wieder zurück aufs Wasserbett haut und sie sonst noch ein paar unnötige Wellen fabriziert. Der Schrank ist genauso akkurat eingeräumt wie alles andere in dem Haus. Und genauso beschriftet wie alles andere. Das war wohl ein Tick von der Magdalena. Alles zu beschriften. Das ist der Liesl vorhin in der Speis schon aufgefallen. Überall steht drauf, was drin ist, obwohl eh klar ist, was drin ist. Auf der Tupperdose mit Mehl steht auf einem Pickerl mit der Hand geschrieben: *Mehl.* Das lässt sie sich ja noch einreden. Aber wieso man auf ein Honigglas *Honig* draufschreiben muss, übersteigt ihren Horizont. Wie fad muss einem sein, dass man so was tut? Und ihr selbst ist oft fad, aber so fad auch wieder nicht. Oder die Magdalena war hochneurotisch und hat nicht gewusst, dass sie es ist, weil man am Land keine Neurosen hat, höchstens einen

Hau. Andererseits steht auf Liesls gelben Postleiberl ja auch *Post*, obwohl eh klar ist, dass sie von der Post ist.

Liesl schweift ab. Vielleicht hat sie den Blödsinn auch nur gedacht, weil sie nicht glauben kann, was sie da gerade sieht. Der Schrank ist, außer den vielen schönen Dirndln, voll mit Latex und Leder. Alles fein säuberlich nach Farben, Größen und Anlass geordnet und selbstverständlich beschriftet. Mit Etiketten an kleinen Sicherheitsnadeln. An einem hängt *Latex, Rot, Zwei Öffnungen.* Und unten im Schrank stehen, gleich neben den Tiroler Haferlschuhen, massenhaft hochhackige Lack- und Lederstiefel, die bis über die Knie gehen. Zum Schnüren oder mit Reißverschluss. Auch wieder alles pitzelig genau nach Farbe und Machart geordnet und etikettiert, obwohl eh klar ist, dass der eine geschnürt wird und der andere einen Reißverschluss hat. Liesl macht ganz automatisch die Schranktür zu und gleich wieder auf. Als ob sie überprüfen will, ob das jetzt wirklich echt ist.

Sie und Didi sind auch nicht prüde. So ist das nicht. Sie haben auch schon mal mit Augenbinden und Handschellen experimentiert. Das war eh ganz lustig, bis sie die Schlüssel irgendwann nicht mehr gefunden und die halbe Nacht gebraucht haben, um die Scheißdinger wieder aufzubekommen. Aber das da übersteigt ihre Fantasie. Und woher hat die Magdalena das alles? Also mit der Post hat sie das nicht bekommen. Das wäre Liesl aufgefallen. Und schon hat sie eine Idee und setzt eine rote Maske auf, auf deren Etikett in einer schön geschwungenen, altmodischen Schreibschrift steht: *Leder, Katze mit Ohren und Wimpern, Neu, 44,90,-.*

Sie schleicht leise zur Frau Doktor in die Küche. Die ist ja so schreckhaft. Ein Wunder, dass sie nicht aus einem Reflex heraus auf Liesl einprügelt. „So trag ich jetzt in Zukunft die Packerln aus. Post-koital!“, lacht Liesl und kriegt sich kaum mehr ein. Die Frau Doktor findet das gar nicht lustig.

Ein paar Minuten später stehen sie und Barbara vor dem offenen Kleiderschrank der unheiligen Magdalena. Barbara kann gar nicht glauben, was sie da sieht: „Schaut fast so aus, als wäre sie auch die Vorsitzende von einem Swingerclub gewesen!"

Liesl holt eine Peitsche aus dem Regal, auf der *Peitsche* steht. „Welche ich liebe, die strafe und züchtige ich. Steht schon in der Bibel", zitiert sie und lässt die Peitsche, auf der *Peitsche* steht, knallen.

Barbara schnappt sich *Knappes Latexkleid, Rot, Dancer.* „Da ist noch das Preisschild dran. Gar nicht so teuer."

„Vielleicht war sie ja eine nicht praktizierende Sadomasochistin und hat nur unanständig geträumt. Aber dafür anständig."

„Das lässt sich rausfinden."

„Gibt's das auch in 40?" Die Frau Doktor steht vorm Spiegel und hält sich das glänzend rote Plastikkleidchen vor ihren formschönen Körper.

„Unterm weißen Arztkittel sieht das sicher scharf aus."

„Und selbst dann fällt's dem Bernhard nicht auf."

Und schon erscheint das Begräbnis in ganz einem anderen Licht. Und wer weiß, wer sonst noch davon weiß, im vielleicht doch nicht ganz so öden Öd.

Inzwischen haben sich der Regen und Pfarrer Rahul beruhigt. Die Trauergäste klappen ihre Schirme zusammen und der Geistliche setzt seine Hymne auf die verdorbene Verstorbene fort. Liesl hat allerdings nur Augen für Eva Krug. Die hält noch immer den Schirm über den Pfarrer, obwohl es doch gar nicht mehr regnet und die anderen ihre Schirme längst eingeklappt haben. Es wirkt, als würde sie einen Knüppel halten, der jeden Moment wie das Jüngste Gericht auf den armen Teufel niedergehen könnte. Bei einem Pfarrer vom Teufel zu reden, ist natürlich heikel. Das weiß Lieselotte selbstverständlich auch. Aber der Vergleich ist ihr passiert. Und wenn der ihr einfach passiert ist, dann ist vielleicht auch was dran. Man muss sich immer auf sein Gefühl verlassen. Warum nur ist die Eva so wütend?

Dabei ist das doch eher lustig, was der Pfarrer daherredet, zumindest wenn man schon mal vorm Kleiderschrank der Schamberger Magdalena gestanden ist. Dann erscheint so eine triefende Laudatio auf einmal in ganz einem anderen Licht. Und *die indische Aksent* vom Pfarrer macht es nicht leichter, ernst zu bleiben.

„Niemand hat so viel zu die moralische Gesundheit unsere Gemeinde beigetragen wie unser Magdalena. Sei es in die Kirchenchor oder auch in die Blasmusikverein. Unvergessen, ihr selbstlose Einsatz in die Dienste des Herrn ..."

Liesl und Barbara wissen schon nicht mehr, wo sie hinschauen sollen. Am besten das Lachen wie Weinen aussehen lassen.

„... Magdalena widmete ihre ganze Leben die Gemeinde in aufopferungswürdige Art und Weise ..."

„Kann man wohl sagen“, flüstert die Frau Doktor der Frau Post zu, nur, dass diesmal nicht wieder von irgendwoher ein „Psst!“ kommt. Offenbar haben alle anderen auch schon genug von der inoffiziellen Heiligsprechung der Magdalena Schamberger.

„… Vielleicht, weil es ihr nie beschieden war, ihre Glück in Ehe und Familie zu finden …“

„Aber dafür woanders“, flüstert Liesl Barbara ins Ohr.

„… Verabschieden wir uns von eine Gütige. Die Menschen, die sie auf ewig lieben und nie vergessen.“

Wieder bricht der Pfarrer in Tränen aus. Grad, wie er noch einmal ansetzen will und sich alle noch mit Schrecken an seine nicht enden wollenden Gitarrenriffs erinnern, ergreift Eva Krug knapp und unmissverständlich das Wort: „Dankschön! Amen! Das wars und Pfiati!“ Und schon schupft sie mit dem Fuß eine volle Ladung vom Erdhaufen ins Grab, direkt auf den schönen Eichensarg der Verstorbenen. Das findet der Herr Pfarrer gar nicht gut. Alle starren sie in dem Moment an. Nur der Liesl entgeht nicht, wie der fesche Unbekannte sich plötzlich umdreht und geht. Liesl stupft sofort Barbara an und zischelt: „Das ist der Mörder.“

„Liesl, wie oft noch? Es gibt keinen Mörder!“

„Und wieso geht er dann?“

„Weil ihm das Wasser bis zum Arsch runterrinnt.“

Wie fast schon alle gegangen sind, beobachtet Liesl, wie Eva Krug in ihre Manteltasche greift und unauffällig etwas ins Grab fallen lässt. Also wenn das kein Indiz ist, dann weiß es die Liesl auch nicht mehr. Vielleicht ist es auch ein Beweis. So genau kennt sie sich damit nicht aus. Sie weiß nur eins: dass das nicht normal ist. Aber was ist schon normal in Öd? Die Schamberger Magdalena war es jedenfalls nicht. Aber wenn sie glaubt, dass sie ihr Geheimnis mit ins Grab nehmen kann, dann hat sie sich geschnitten. Aber gewaltig.

Wo strenges Latex ist, da ist auch eine Kammer

Liesl steht oben am Treppenabsatz zum Keller, schaltet das Licht ein und sagt gleich einmal den Satz, nach dem das Kapitel benannt ist. Die Frau Doktor lugt ihrer Freundin skeptisch über die Schulter. Liesl geht furchtlos die steile Treppe hinunter. Barbara würde ihr ja gern folgen, sie tut sich aber ein bissel schwer mit den roten Overknees, die sie vorher anprobiert hat. Da wusste sie ja noch nicht, welche Herausforderung sie gleich erwarten würde. Normalerweise trägt sie weiße Birkenstock, wobei der Farbunterschied das geringste Problem ist.

„Wer geht mit so was?"

„Damit liegst oder stehst. Oder hängst von der Deck'n."

„Wieso kennst du dich damit aus?"

„Ich arbeite bei der Post. Da ist einem nix fremd. Du glaubst gar nicht, was und wem ich schon Dinge zugestellt hab, von denen du noch nie was gehört hast."

Vorsichtig öffnet Liesl die alte eiserne Kellertür und schaltet das Licht ein. Hier unten hat's noch alte Porzellanschalter, die man drehen muss. Drehen tut es auch gleich die Liesl, wie sie sieht, was sich da herunten abspielt. Im Moment zwar nicht, aber sie ahnt, was sich da abspielen könnte. So was kennt sie eigentlich nur aus dem Fernsehen. Der ganze Kellerraum ist mit roter und schwarzer Farbe ausgemalt. An einer Wand ist ein Andreaskreuz befestigt. Auf der anderen Seite steht ein Regal mit einer Unzahl an Sex-Utensilien.

„Heilige Scheiße! Die fromme Magdalena hat offensichtlich nicht nur das Dorf, sondern auch ihren Keller verschönert."

„Witzig, dabei war sie immer so sanft. Als könnte sie niemandem was zuleide tun."

„Stille Christen sind tief."

„Was glaubst? Mit wem hat die sich da getroffen? Allein wird sie sich ja nicht ausgepeitscht und gefesselt haben."

„Kannst du bitte die depperten Stiefel ausziehen, Barbara? Das irritiert. Außerdem muss ich immer rauf schauen zu dir."

„Hm. Zum Beten waren die nicht hier."

„Eher zum Büßen", mutmaßt Liesl, „wer weiß, vielleicht ist das ja ein ganzer Verein. Eine Sekte! Eine riesige Sadomaso-Bewegung, die ganz Öd überrennt."

„Und wir zwei sind die Einzigen, die nix davon gewusst haben. Was wir alles verpasst haben. Ich will gar nicht dran denken", seufzt Barbara und stellt sich spaßeshalber ans Andreaskreuz und hängt sich an eine der Handschellen an. Eher unüberlegt. Just in dem Moment fällt Liesl siedend heiß etwas ein. Und schon rennt sie die steile Treppe rauf und lässt ihre Frau Doktor im wahrsten Sinne des Wortes hängen.

„Hey! Liesl. Lieselotte! Wart!!" Aber die ist schon weg.

Liesl rennt raus zu ihrem Postauto, reißt mit aller Kraft die hintere Türe auf, die immer ein bissel klemmt, seit sie beim Altersheim einen Rollator mitgenommen hat, und durchwühlt hektisch den vollgeräumten Laderaum nach dem Paket, das sie der Magdalena vor ein paar Tagen zustellen wollte. Aber da ist nix. Wo ist das Scheißpaket? Da fällt's ihr wieder ein: auf dem Beifahrersitz. Wie sie zurück ins Haus kommt, hört sie die Frau Doktor aus dem Kellergewölbe noch immer rufen. Nein, sie hätte sie nicht vergessen. Aber ein bissel Furcht kann auch manchmal ganz spannend sein. Besonders, wenn der Rest des Lebens nicht so spannend ist. Und damit meint die Liesl nicht nur das Sexualleben ihrer Freundin Barbara. Wobei man da nicht wirklich von *Leben* sprechen kann. Das ist eher genauso tot wie die Schamberger. Wobei die zumindest vor ihrem Ableben offenbar mehr Sex hatte als die am Andreaskreuz jammernde Frau Doktor.

„Du kannst mich doch nicht einfach so da hängen lassen", flucht Barbara.

„Haben die beim SM nicht immer ein Codewort, wenn es ihnen zu viel ist?", überlegt Liesl gelassen.

„Kann schon sein. Wir haben jedenfalls keins ausgemacht", antwortet Barbara, eher nicht so gelassen.

„Und was wäre deins, wenn wir eins ausmachen würden?"

„Ich weiß nicht. Kannst du mich bitte losmachen?" Jetzt ist die Frau Doktor schon richtig genervt.

„Jetzt sag schon."

„Ich weiß nicht, Liesl."

„‚Ich weiß nicht, Liesl'? Das wäre dein Codewort? Das ist doch kein Codewort. Das ist ein Codesatz."

„Lieselotte!"

„Bissel einfallslos. Einfach nur ‚Lieselotte'."

„Okay. Wie wäre es mit ‚posttraumatisch'?"

„Posttraumatisch? Wieso?"

„Weil du ein einziges posttraumatisches Erlebnis bist. Kannst du mich jetzt bitte endlich losmachen? Mir ist das echt zu viel." Die Liesl kann schon eine richtige Krätz'n sein.

„Kein Problem, ich weiß nur nicht, wo der Schlüssel für die depperten Handschellen ist."

„Scherz."

„Jetzt sag schon."

„Was?"

Liesl hilft ihrer Freundin durch einen eindringlichen Blick auf die Sprünge.

„Posttraumatisch!"

„Na also, geht doch. Es ist nicht alles schlecht an der Missionarsstellung."

Und schon schnappt sich Liesl die Schlüssel, die am Andreaskreuz hängen, und befreit ihre Freundin, die sich gleich mal die Handgelenke reibt. „In Wahrheit ist das ganze Latexzeug auch nix anderes als eine Tracht, so wie die ganzen Dirndln, die sie oben im Schrank hängen hat.“

„Ich weiß nicht.“ Für Barbara hinkt der Vergleich.

„Wieso? Was beim SM das Codewort ist, das gibt's ja beim Dirndl auch, in gewisser Weise.“

„Ach so? Das ist mir neu. Klar, man muss schon auch leidensfähig sein, wenn man so was freiwillig anzieht“, kontert Barbara.

„Mir gefällt's“, antwortet Liesl fast schon trotzig.

„Wann hast du je ein Dirndl angehabt?“

„Ein gelbes, zu meinem Abschluss! Wenn du zum Beispiel die Masche rechts trägst, dann bist du vergeben. Wenn du sie hinten trägst, bist du entweder eine Kellnerin oder eine Witwe.“

„Oder eine kellnernde Witwe.“

„Mach dich nur lustig. Der Begriff Dirndl kommt übrigens von Dirne. Nur hat damals das Wort Dirne noch nix mit Prostitution zu tun gehabt.“

„Was du alles weißt.“

Liesl holt aus der Küchenschublade ein Messer und öffnet das Paket, das sie gerade aus dem Auto geholt hat, während ihre Freundin erschöpft die Latexstiefel ins Eck knallt und sich aufs Sofa hockt.

„Darfst du einfach so ein fremdes Paket öffnen?“

„Konnte nicht zugestellt werden. Empfängerin leider verstorben.“

„Geht das dann nicht an den Absender zurück?“

„Da steht keiner drauf.“

„Das ist verboten“, mault Barbara streng.

„Willst du jetzt einen Mord aufklären, oder nicht!?“

„Ich will überhaupt keinen Mord aufklären. Du willst einen Mord aufklären!“

Aber da hat Liesl auch schon das Postgeheimnis verletzt und das Packerl aufgerissen: „Eine Videokassette!“

„Das sehe ich auch."

„Wer hat heutzutage noch Videokassetten?"

„Leute, die noch Videorekorder haben", antwortet die Frau Doktor und deutet dabei leicht gereizt auf die Kamera und das ganze andere G'wirx vorm Fernseher.

Stimmt, denkt sich Liesl und betrachtet das vergilbte Cover von der Kassette. *Die wilde Serengeti darf nicht sterben*. Eine Tierdoku. Sie öffnet die Hülle und schon fällt ihr ein handgeschriebener Zettel entgegen: „Letzte Warnung!"

Wenn Gott lacht

Es hat zwar aufgehört zu regnen, aber trotzdem ist der Friedhof voller Matsch und Dreck. Die Trauergemeinde ist inzwischen zum Leichenschmaus in den *Jägerwirt* geflüchtet. Liesl und Barbara stehen mutterseelenallein vorm Grab, bis auf die zwölfsaitige Gitarre und den großen Schirm, den Eva wütend in den Erdhaufen gerammt hat. Ach ja, und die tote Schambergerin unten im Sarg, die ist auch noch da. Aber das gilt nicht wirklich.

„Hilf mir!"

Barbara, die eigentlich nicht schwer von Kapee ist, versteht nicht, was Liesl vorhat. Oder sie will es nicht verstehen. Da kniet Liesl auch schon am Abgrund und greift nach der Hand ihrer Freundin.

„Was wird das?"

„Halt mich einfach fest."

„Das funktioniert nicht."

„Ich will wissen, was die Eva da reingeschmissen hat. Wahrscheinlich die Mordwaffe."

„Warum nicht gleich ihr Geständnis?"

„Glaubst wirklich?"

„Liesl, das war ein Scherz. Es gibt …"

„… überhaupt keinen Mord. Ich weiß. Hilfst du mir jetzt, oder nicht?" Wieder reicht sie ihrer Freundin die Hand. Barbara bleibt nix anderes übrig. Also rammt sie ihre Stöckelschuhe in den aufgeweichten Boden und greift nach Liesls Hand. Ein Bild für Götter. Zumindest für Gott. Vielleicht hat er deshalb ein Einsehen und lässt die Sonne wieder unter den Wolken rausschauen. Helfen tut es Liesl trotzdem nichts. Sie lehnt sich immer tiefer ins Grab, versucht, in dem Gatsch etwas zu ertasten. Plötzlich gibt der feuchte Boden nach und sie rutscht ab, direkt auf den verdreckten Sarg und die schönen Rosen. „Scheiße!!! Kruzifix noch einmal!", hört Barbara sie fluchen. „Au! Da sind überall Dornen dran."

„Das haben Rosen so an sich."

So schnell gibt Liesl nicht auf. Wenn sie jetzt schon mal da unten ist, dann kann sie auch gleich weitersuchen. Was auch immer Eva ins Grab hat fallen lassen, muss da irgendwo sein. Liesl schiebt vorsichtig die Erde und die Rosen beiseite, fährt mit der flachen Hand zwischen Wand und Sarg. Da ist nix. Vielleicht hat Barbara ja recht und sie bildet sich das alles nur ein.

„Beeil dich", kommt von oben.

„Eh! Glaubst, ich will da übernachten?"

„Das Kleid krieg ich nie mehr sauber, das kannst vergessen."

Die hat Sorgen, denkt sich Liesl. Wenn wer völlig verdreckt ist, dann doch wohl sie. Auf einmal ändert sich der Tonfall überm Grabesspiegel.

„Schnell!"

„Was ist?"

Und schon sieht sie Barbara über den Rand lugen. „Der Pfarrer. Der Pfarrer kommt zurück!"

„Was? Scheiße. Hol mich hier raus. Schnell!!" Hastig steigt Liesl auf den rutschigen Sarg und reicht ihrer Freundin die Hand. Dabei kommt sie sich vor wie eine Eiskunstläuferin. Nur, dass sie nicht eislaufen kann.

„Oh mein Gott, oh mein Gott. Wenn sich das hier herumspricht, bin ich auf einen Schlag alle meine Patienten los", zischelt Barbara hysterisch.

„Gib mir deine Hand."

Grad, wie Barbara ihr die Hand reicht, zieht sie sie auch schon wieder weg. „Grüß Sie, Herr Pfarrer", hört Liesl sie sagen. Barbara stellt sich mit dem Rücken zum Grab, damit Rahul nicht reinschauen kann. Liesl legt sich mit dem Bauch flach auf den Sarg. Sie hört einen Herzschlag und hofft inständig, dass es ihrer ist.

„Babsi! Noch hier? Ich habe die Gitarre vergessen“, hört Liesl den Pfarrer reden.

„Ich wollte mich nur noch einmal ganz persönlich von der Magdalena verabschieden“, lügt Barbara gekonnt.

„Wie schön.“

Grad wie der Pfarrer wieder zu heulen beginnt, ertastet Liesl etwas im Dreck. Da schau her. Liesl grinst zufrieden.

„Verzeihung. Jetzt hab ich Ihnen die Abschied versaut“, hört Liesl wieder den Pfarrer reden. Interessante Ausdrucksweise für einen Pfarrer, denkt sich Barbara, die es übrigens hasst, wenn man sie Babsi nennt.

„Schon okay. Sie standen sich wohl sehr nahe.“

„Unsere Traum fliegt dahin”, säuselt Rahul in seinem indischen Singsang. Klingt wie ein kitschiger Schlager, denkt Liesl.

„Hm?“

Barbara blickt ihn ratlos an. Rahul schüttelt kurz den Kopf, dann umarmt er Barbara unaufgefordert und viel zu lang. Also so lang, dass sich Liesl schon fragt, was die da oben tun. Aber das liegt vielleicht in seinem Naturell. Es ist ein bissel so, wie mit der Gitarre und der Rede. Immer wenn man denkt, es ist aus, legt er noch eins nach. Und beim Umarmen eben auch. Er löst sich aus der Umarmung, schaut sie an und umarmt sie noch einmal und dann noch einmal. Der Typ ist echt anstrengend, denkt Barbara und bereitet der Umarmungsorgie ein Ende: „Die warten sicher alle schon auf Sie, Herr Pfarrer, glauben Sie nicht auch?“

„Oh. Ja. Dann bis gleich, Babsi.“

Und schon hastet er mitsamt Gitarre, Fuchsschwanz und Regenschirm davon. Erleichtert atmet Barbara auf. Aus dem Grab hört sie Liesl leise zischeln: „Ich hab’s.“

Barbara lugt über den Rand. Unten im Grab hockt eine glücklich strahlende Liesl, umgeben von Rosen, und winkt ihr stolz mit einem kleinen schwarzen Notizbuch zu, als hätte sie den Schatz von Tutanchamun gefunden. Just in dem Moment rutscht Barbara mit einem Schrei im feuchten Dreck aus. Es haut sie mit dem Hintern auf den matschigen, abschüssigen Boden und nicht einmal eine Sekunde später liegt sie auch schon im Schoß ihrer besten Freundin. Langsam wird's eng im Damengrab.

Die wilde Serengeti darf nicht sterben

Während Barbara heimgefahren ist, um den Scart-HDMI-Konverter zu holen, durchforstet Liesl inzwischen ein bissel die Unterlagen von der Magdalena. „Das ist schon eine echte Freude. Wie die alle Unterlagen, Kontoauszüge, Polizzen und das ganze Zeug beinander hat. Hammer! Das hätte ich auch gern. Ich hab einfach nur eine große Schublade und aus."

Barbara platzt zur Türe rein und hört gar nicht wirklich zu. Sie schiebt den Fernseher zur Seite und steckt das Kabel an.

„Sodala, mit dem hier sollte es gehen."

„Wofür hat die so viel Geld ausgegeben!? 35.000 Euro auf einen Schlag!"

Barbara schnappt sich die Kassette, schiebt sie in den Rekorder und drückt auf Start. Und schon ertönt die dramatische Titelmelodie. *Ein Platz für Tiere. Die wilde Serengeti darf nicht sterben.*

„Gott, was ist das für eine grottenschlechte Qualität?"

„Der Film ist von 1959, was erwartest du?"

Man sieht eine kleine Propellermaschine, bemalt wie ein Zebra, über verschneite Berge hinwegfliegen.

„So schaut die Serengeti aus?"

„Die fliegen ja erst hin", kontert Liesl leicht angenervt.

„Bernhard Grzimek. Hast du gewusst, dass der nach dem Flugzeugabsturz von seinem Sohn seine Schwiegertochter geheiratet hat?" Barbara kennt sich aus.

„Ist nicht wahr."

„Oh ja."

„Glaubst, der hat seinen eigenen Sohn ermordet?"

„Liesl! Nicht jeder ist ein Mörder."

„Bist dir sicher?"

Barbara kann nur den Kopf schütteln.

„Ein Löwenrudel, das ein Zebra jagt. Was soll das?" Liesl ist jetzt echt schon ungehalten.

In dem Moment reißt der Film ab. Es wird kurz schwarz, dann hört man ein Rauschen, gleich drauf ist Schnee am Bildschirm und plötzlich erscheint wieder ein Bild. Allerdings ist das, was sie jetzt sehen, weit entfernt von der Serengeti, dafür umso näher an dem Ort, an dem sie sich gerade befinden. Genauer gesagt ist das, was sie jetzt sehen, direkt unter ihnen. Unten im Keller steht ein nackter Mann, angekettet ans Andreaskreuz, an dem gerade noch Barbara hing. Musik scheppert aus einem tragbaren Kassettenrekorder.

„*Sex Machine*."

„Hm?"

Barbara starrt gebannt auf den Bildschirm.

„Der Song. James Brown. *Stay on the scene, get on up, like a sex machine, get on up*."

„Psst!"

„Du bist schon wie die Bürgermeisterin."

„Wer ist das?"

Barbara kneift die Augen zusammen.

„Das hat so eine Scheißqualität."

Eine junge Frau in einem Latex-Outfit mitsamt roter Maske kommt ins Bild. Aus dem Hintergrund hört man Gejohle und aufgeregtes Gekreische.

„Da sind noch andere Leute."

„Ja. Das wirkt wie eine b'soffene G'schicht, wie eine Party, die aus dem Ruder geraten ist."

„Findest? Ich weiß nicht."

„Klar, die zwei sind doch total unbeholfen. Professionell wirkt das nicht."

„Wie kommst jetzt da drauf?"

„Auf Youporn schaut das anders aus."

Barbara sieht ihre Freundin verblüfft an: „Du schaust Pornos?"

„Du nicht?“
„Oh ja, aber ich geb’s nicht zu.“
Liesl geht näher an den Fernseher ran, um irgendwas zu erkennen. Sie deutet auf die junge Frau mit der Maske: „Ist das die Magdalena?“
„Wer sonst? Nur knapp 30 Jahre jünger.“
„Jetzt sagt sie was. Dreh den Ton lauter!“
Hektisch sucht Barbara nach der Fernbedienung. Gleich darauf hören sie dumpf die Frau in Latex: „Waren wir unartig?“
Wieder johlen die Zuschauer hinter der Kamera.
„Muss ich böse werden? Willst du das? Willst du, dass ich böse werde?“
Der arme Kerl jammert: „Ja. Bitte. Ich hab’s verdient.“
Liesl schaltet unvermittelt auf Pause. Barbara ist sichtlich enttäuscht.
„Na, geh!“
Liesl rückt noch ein wenig näher an den Bildschirm.
„Wer ist er?“ Sie studiert akribisch das Standbild, als wäre sie beim FBI. Ein Wunder, dass sie keine Gummihandschuhe überzieht.
„Jesus jedenfalls nicht. Obwohl er um Vergebung bittet.“
„Lass das den Pfarrer hören.“
Liesl ärgert sich: „Das ist so eine miese Qualität.“
„Tja. Da hat’s noch kein 4K gegeben.“
„Ist das ein Tattoo da auf seinem Hintern?“
„Wo?“
Barbara rückt zu ihrer Freundin auf. Noch ein paar Zentimeter und sie drücken beide ihre Nasen am Flachbildschirm platt, besser gesagt, am Po des nackten Hobby-Masochisten.
„Könnte auch ein Wimmerl sein. Ein großes.“
„Du bist manchmal so grauslich.“
„Ich bin Ärztin. Das ist mein Alltag.“
„Und dafür hast du studiert? Um dir so was anzuschauen?“

„Bei der Post war nix mehr frei. Vielleicht ist es ja eine Briefmarke."

„Haha! Oder ein roter Fleck, weil sie ihm den Hintern versohlt hat?"

„Das ist ein Tattoo!"

„Ein Tattoo?"

„Ja, von einem Schmetterling."

„Bist dir sicher?"

„Kann aber auch ein Herzerl sein."

Liesl holt ihr Handy raus und macht ein Foto davon: „Beweismittel."

Barbara schaut sie mit großen Augen an: „Für was?"

„Weiß ich noch nicht. Vielleicht ist es auch ein Indiz."

Barbara versteht kein Wort und hakt nach: „Für was?"

„Für einen Beweis."

„Ein Indiz für einen Beweis?" Viel ratloser kann Barbara schon nicht mehr schauen.

„Ja. Vielleicht auch ein Beweis für ein Indiz. Auf jeden Fall ein Hinweis."

Die Himbeergeister, die sie riefen

Wenn die Menschen nicht mehr weiterwissen, greifen sie gern zum Alkohol. Das lockert die Seele und den Verstand. Ein gutes Schnapserl gibt den Gedanken Geschmeidigkeit. Da flutschen sie gleich viel besser durch die verstockten Hirnwindungen. Das ist wie bei einem Motor, der braucht auch ein gutes Öl, sonst reibt er gleich einmal an. Und wie das eben so ist, gibt's auch beim Schnaps große Unterschiede. Der eine brennt dir auf einen Schlag alle Synapsen weg, der andere haut dich schon um, noch bevor du überhaupt von einem Geistesblitz getroffen werden kannst. Aber der Schamberger Himbeergeist aus eigener Brennerei ist Legende. Nach einem Geheimrezept ihrer Mutter Walpurga hat die Magdalena einmal im Jahr einen rückgratstarken Brand mit beachtlichen 52 Volumsprozent aus verschwenderisch vielen handgepflückten Himbeeren aus den Okroatzer Wäldern angesetzt und ihn stolze drei Jahre reifen lassen. Das Ganze, wie könnte es anders sein, in wunderschönen Glasballons mit von Hand beschrifteten Etiketten.

Es gibt Leute, die würden für eine Flasche Schamberger Himbeergeist morden, denkt sich Liesl, wie sie mit ihrer Freundin auf dem Bankerl vorm Haus von der Magdalena hockt. Aber das spricht sie besser nicht aus, sonst verschreibt ihr Barbara ansatzlos Psychopharmaka. Da ist es g'scheiter, sie nimmt noch einen ehrfurchtsvollen Schluck und ölt ihre Gedanken in der Sonne.

„Ich könnte wetten, dass da ein Radl gestanden ist, wie ich der Magdalena das Packerl bringen wollte."

„Bist dir sicher?"

„Ja, weil ich noch gedacht hab, wer lehnt so ein altes, rostiges Radl an so eine schön renovierte Bank."

„Und nachher war das Radl weg?"

„Ich glaub schon."

„Dann war er noch da, wie du ins Haus gegangen bist."

„Glaubst wirklich?"

„Ich glaub schon."

„Das ist ja richtig gruselig. Ich war mit dem Mörder in einem Raum und hab's nicht bemerkt. Wer weiß, es hätte nicht viel gefehlt und er hätte mich auch umgebracht. Um die einzige Zeugin zu beseitigen."

„Liebhaber, Liesl, nicht Mörder. Du schaust eindeutig zu viele Krimis."

Barbara schnüffelt am Geist der Schamberger Beere, nimmt leichtfertig einen recht kräftigen Schluck und gestattet sich gleich drauf ein unverhofft geschmeidiges Geständnis. „Vielleicht hast du ja doch recht", haucht sie verlegen in die Stille hinein, während ihr noch immer die Himbeeren den Rachen wärmen.

„Womit?" Liesl blickt sie überrascht an. So was hat sie in all den Jahren noch nie von ihrer Freundin gehört. „Ich habe recht?"

„Vielleicht. Ich habe gesagt: vielleicht! Vielleicht hast du ja recht mit deinem Verdacht."

„Wow!" Liesl fühlt sich so derartig beglückt, dass sie gleich noch eine Himbeere braucht, um das Eingeständnis der Frau Doktor zu verdauen.

„Auch wenn die Magdalena nicht ermordet wurde, sie wurde auf jeden Fall erpresst."

Barbara hält Liesl den Zettel hin, der in der Videohülle gesteckt hat: *Letzte Warnung!*

„Stellt sich die Frage: Wovor hat der große Unbekannte die Schambergerin warnen wollen?"

Wie selbstverständlich gönnt sich Barbara noch einen Schluck von den verschwenderischen Waldbeeren.

„Ist doch klar. Davor, dass er mit dem Video an die Öffentlichkeit geht."

Und schon findet die nächste Himbeere ihre Erfüllung. Die g'schmeidige Phase geht allerdings langsam über in die schwankende. Nur nicht aufstehen jetzt. Einfach sitzen bleiben und die Himbeergeister, die sie riefen, nicht unnötig provozieren.

„Gott sei Dank hat sie das nicht mehr mitbekommen", hört sich Liesl sagen. Barbara blickt ihre Freundin irritiert an. Die schenkt ihr stumm nach, was Barbara gar nicht mehr hinterfragt.

„Wie kommst da drauf?", denkt Barbara laut und ist froh, dass kein L in dem Satz vorkommt, sonst würde sie lallen, und sie will nicht, dass Liesl sie lallen hört. Sie ist immerhin eine Frau Doktor und eine Intuition, Blödsinn, Institution.

„Ich wollte ihr ja gerade erst das Express-, Blödsinn, Erpresserpaket zustellen, wie ich sie gefunden hab. Also konnte sie ja noch nix davon wissen. Das erklärt auch, warum sie so glücklich dreingeschaut hat. Da war die Welt der Schamberger Magdalena zwar noch streng, aber in Ordnung. Prost."

Wieder eine Erkenntnis mehr und ein Glas weniger.

„Und warum lagen dann schon die Kamera und der Videorekorder am Boden? Das wirkt ja, als hätte sie drauf gewartet", bringt Barbara gerade noch raus. Verdammter Schnaps, verdammter, denkt sie sich und nimmt noch einen Schluck. Auch schon wurscht. Diesmal aus der Flasch'n, aber nur, weil sie so schön ist.

Der Einwand hat was. Den muss sich Liesl erst mal mit einem Himbeerschnaps gefügig machen. Und schon funkt ein Geistesblitz zwischen ihren Synapsen hin und her und hin und her und hin und her: „Vielleicht war es ja nicht das erste Video. Auf dem Zettel steht ja auch ‚Letzte Warnung' und nicht ‚Erste Warnung'."

Was so ein Himbeergeist doch alles bewirken kann.

Hieroglyphen

Nachdem sich Liesl und Barbara endlich aus dem Grab befreit haben, versuchen sie erst einmal, ihre verdreckten Klamotten beim Wasserhahn für die vielen Gießkannen zu reinigen. Liesl ist da schmerzbefreit. Sie zieht kurzerhand ihr schwarzes Shirt aus, zeigt ungeniert ihren BH her, dreht das Shirt auf links und zieht es wieder an. Barbara tut sich bei so was schon schwerer.

„Was!?“ Liesl versteht das Problem nicht.

„Das ist ein Friedhof.“

„Eben! Da interessiert es ja keinen. Haben ja alle die Augen zu. Ich frag mich, wieso ein Friedhof überhaupt eine Mauer hat. Solange du lebst, willst du nicht rein, und wenn du tot bist, kannst du nicht raus.“

Die Frau Doktor hört gar nicht zu. Alles voller Dreck. „Das Kleid hat 189 Euro gekostet. Das hab ich genau einmal angehabt.“

„Bis zum nächsten Begräbnis ist es wieder sauber.“

„So können wir unmöglich zum Leichenschmaus gehen.“

„Gut, dann sagen wir halt, ich bin ausgerutscht und unsere Ärztin ohne Grenzen wollte mich retten.“

„Du bist so blöd.“

„Wir können auch sagen, wir waren Schlammcatchen, wenn dir das lieber ist.“

Notgedrungen zieht die Ärztin mit den vielen Schamgrenzen ihr neues Schwarzes um 189 Euro über den Kopf und steht in Unterwäsche auf dem Friedhof.

Liesl traut ihren Augen nicht: „Was hast du da an?“ Sie deutet auf das hautfarbene Ganzkörperding, das Barbara von den Knien bis zum Busen reicht.

„Unterwäsche, was sonst?“

„Das ist doch keine normale Unterwäsche. Das schaut aus wie ein Stahlkorsett, nur in Hautfarben.“

„Okay", seufzt Barbara genervt und spätestens jetzt wissen wir, warum sie sich nicht in aller Friedhofsöffentlichkeit umziehen wollte. „Das ist ein Seamless Shaping-Body mit Po-Lifting-Effect."

„Wow. Kann man die Teile da rausnehmen?" Die Liesl deutet auf Po und Busen.

Barbara schweigt stolz, dreht versiert ihr Kleid um und zieht es wieder an. „Mein stiller Verbündeter."

„Toll. Gibt's den auch in Gelb?"

„Du bist so bescheuert. Können wir jetzt gehen?", sagt Barbara und marschiert los.

Liesl ist noch ganz begeistert: „Wie kommt man an so was?"

„Du bestellst es im Internet, vielleicht hast du ja schon mal davon gehört. Und dann kommt es mit der Post."

„Was? Das heißt, ICH hab dir das geliefert?"

„Ja."

„Ich hab dir diesen super-hotten Transformer gebracht und nichts davon gewusst?"

„Ja, obwohl doch Frau Immerschlau immer alles weiß."

„Ich will auch so was haben."

„Den gibt's nicht in deiner Größe."

„Danke", ruft ihr Liesl hinterher, „vielen herzlichen Dank!"

Erst jetzt bemerkt sie, welchen Weg Barbara eingeschlagen hat: „Halt!"

„Was ist denn?" Barbara bleibt verwundert stehen.

„Den Weg da können wir nicht nehmen", deutet Liesl.

„Wieso nicht, da vorne ist gleich der Ausgang."

„Ich weiß, aber wir müssen den anderen Weg nehmen."

„Warum?" Barbara versteht nicht, was das soll.

Liesl druckst herum. „Da vorne ist das Grab meiner Eltern und da kann ich nicht vorbeigehen, weil ich dann gleich heulen muss und mich ewig nicht mehr einkriege und deshalb lieber den anderen Weg nehme."

Barbara legt den Arm um Liesl: „Ist doch kein Problem. Nehmen wir eben den Umweg."

Wie sie den Parkplatz erreichen, ist Liesl immer noch fasziniert von Barbaras kompakter Unterwäsche: „Und was kostet so was?"

„Dein Weihnachtsgeld."

„Und die Popo-Polster? Gibt's die in verschiedenen Größen, oder wie? Und die kann man so einsetzen, wie man sich fühlt oder was man grad vorhat?"

„Würdest du bitte das Auto aufsperren? Wir sind sowieso schon zu spät dran."

„Ist eh auf. Ich sperr den nie zu."

„Echt jetzt?"

„Ja."

„Liesl, das ist ein Dienstwagen, da liegen Amtsschreiben, Pakete, Geldsendungen und was weiß ich noch alles drin herum."

„Geh, halb so wild. Was soll hier schon groß passieren?"

„Also, deiner Meinung nach passieren hier in Öd unentwegt irgendwelche Morde."

„Ja, Morde schon. Aber es klaut doch keiner meine alte Postkutsche. Da sind die Leute viel zu anständig."

„Jetzt sag nicht, du lässt auch noch die Schlüssel stecken."

„Sicher. Ich kann doch nicht jedes Mal, wenn ich ein- und aussteige, die Schlüssel abziehen."

Barbara kann nicht glauben, was sie da hört: „Ein Wunder, dass du den Motor nicht während dem ganzen Begräbnis hast laufen lassen."

„Naja." Liesl druckst ein bissel herum. „Ich bin eh noch mal zurückgelaufen, weil ich's vergessen hab. 172-mal übrigens."

„Was?" Barbara versteht nicht, was sie meint.

„Ich hab einmal mitgezählt, was gar nicht so leicht war. Ich steige an einem Vormittag 172-mal ein und aus. Stell dir vor, da würde ich jedes Mal den Motor ausmachen, den Schlüssel abziehen und das Auto absperren. Da würde ich ja verrückt werden."

„Das bist eh schon", kapituliert Barbara wieder mal und lässt sich auf den Beifahrersitz fallen.

Liesl setzt sich ans Steuer und wechselt gekonnt das Thema: „Hast du die Magdalena eigentlich schon obduziert?"

„Wie kommst du jetzt da drauf?"

„So halt."

„Du willst doch nur von deinem Problem ablenken."

„Ich hab kein Problem."

„Okay. Vergiss es. Was die Obduktion betrifft: Ich bin Landärztin, keine Pathologin. Ich schneide hin und wieder ein Furunkel auf, aber keine Menschen. Außerdem gibts keinen Grund. Wann begreifst du das endlich?"

Liesl lässt sich nicht aus der Ruhe bringen: „Und woran ist sie dann Ihrer Meinung nach gestorben, Frau Doktor?"

„Herzversagen."

„Durch einen Orgasmus?"

Barbara stöhnt auf. Wenn ihre Freundin sich was in den Kopf gesetzt hat, dann hat sie sich was in den Kopf gesetzt.

Und schon legt Liesl ein Schauferl nach: „Da stellt sich doch die Frage: Wer hat die heilige Magda auf so göttliche Art in den Himmel katapultiert? Und kann man den vielleicht auch einmal kennenlernen?"

„Wen?"

„Den netten Apostel. Ihren Erpresser."

„Wer sagt dir denn, dass das ein- und derselbe ist?", argumentiert Barbara gekonnt.

Liesl holt das verdreckte Notizbuch aus ihrer Tasche.

„Hast recht. Aber was ist mit dem hier? Bedeutet das gar nix?"

„Gib das runter. Muss ja nicht gleich jeder sehen, dass wir …"

„Da ist niemand. Bis auf den alten Reinprechter. Und der hat dich eh schon in deinem Shameless-Super-Body gesehen."

„Echt jetzt?“ Barbara reagiert entsetzt.

„Ja, der ist die ganze Zeit versteckt hinterm Kirschlorbeer gestanden und hat uns beobachtet. Aber ich hab mir gedacht, ich sag lieber nix, sonst kommen wir da nie weg.“

„Shapeless. Nicht shameless!!!“ Barbara könnte explodieren vor Wut, während Liesl sich kaum mehr halten kann vor unterdrücktem Lachen. „Du lügst, hab ich recht? Der ist überhaupt nicht da gestanden.“

Und schon platzt das Lachen aus Liesl heraus. So, dass sie sich nicht mehr halten kann. Barbara würde sie am liebsten schlagen vor lauter Wut, aber dann muss auch sie lachen. Es dauert eine ganze Weile, bis sich die beiden wieder beruhigen. Erst wie sie vor lauter Erschöpfung aufgeben, bemerken sie den alten Reinprechter, der wie aus dem Nichts mit einer Gieskanne in der Hand vorm Auto steht und sie ratlos anstarrt. Plötzlich sind sich beide nicht mehr ganz so sicher, was der Alte gesehen oder nicht gesehen hat. Die zwei Frauen winken ihm synchron und verlegen zu. Dann ist er verschwunden. Als wäre er nur ein Geist. Ganz ohne Himbeere.

„Was war das jetzt?“, fragt Liesl verdutzt.

„Ich will's nicht wissen. Ich will es einfach nicht wissen.“

Barbara schnappt sich entnervt das kleine Buch, das Liesl noch immer in der Hand hält und blättert es durch.

„AGCD, EFGH. Sonst nix? Nur eine Menge Buchstaben? Was soll das?“

Liesl zuckt ratlos mit den Schultern. „Weiß nicht. Eine Geheimsprache vielleicht?“

„Hast du so was nicht gelernt?“

„Was?“

„Dechiffrieren.“

„Ich arbeite bei der Post, nicht beim Geheimdienst.“

„Bist dir sicher?“

Der Moment der absoluten Schönheit

Es gibt wohl keine schönere Art, über die Brücke zu gehen. Ein Orgasmus, der Höhepunkt gleichzeitig wirkender mechanischer und emotionaler Stimulation, mündet in restloser Selbst- und Weltauslöschung. Der Moment der absoluten Schönheit. Die Augen und den Mund weit aufgerissen – und dann, wenn es so weit ist, wenn der erlösende Orgasmus eintritt, sackst du zusammen wie eine Hüpfburg, in die jemand eine brennende Zigarette gesteckt hat.

„Gibt es einen schöneren Tod?“

„Meinst du das wirklich ernst?“ Barbara blickt ihre Freundin entsetzt an. Inzwischen wieder ein bissel ausgenüchtert, sitzen die zwei noch immer auf der Bank vorm Haus von der Magdalena. Nur die Sonne ist inzwischen untergegangen.

„So hat sie jedenfalls dreing'schaut, wie ich sie gefunden hab.“

„Das ist ja ein schrecklicher Vergleich. Das ist ja, als wäre sie die Hüpfburg und er die brennende Zigarette.“

„Nicht der Mann ist die brennende Zigarette, sondern der Orgasmus.“

„Und das findest du schön?“

„Das hab ich nicht gesagt, ich hab nur gesagt, dass sie so beglückt gelächelt hat. In ihren Augen war immer noch die glimmende Zigarette zu sehen. Da war die vollkommene Stille nach dem großen Sinn. Das war irre.“

„Und deshalb bist du gleich einmal in Ohnmacht gefallen?“

„Nein, in Ohnmacht gefallen bin ich, weil ich eine Tote gesehen hab. Und ich kann nun mal keine Toten sehen. Ich weiß, das klingt total verrückt und du traust mir so was nicht zu in meiner postalischen Schlichtheit. Aber ich hatte das Gefühl, als hätte sie in dem Moment alle Fragen und Antworten auf einen Sitz gefunden.“

„Im sexuellen Urknall? Ich glaub, bei dir wirkt der Himbeergeist noch nach."

„Mach dich nur lustig. Aber ja, wenn du so willst, ist der Orgasmus der ganz persönliche Urknall von einem jeden von uns."

„So leid es mir tut, liebe Liesl, deutlich weniger metaphorisch ist der Orgasmus medizinisch zu erklären: Muskeln im gerade maximal durchbluteten Genitalbereich spannen und entspannen sich unwillkürlich und rhythmisch sehr schnell, bis es zu einer sexuellen Entladung kommt. Und das war es dann auch schon. An einem Orgasmus stirbt man nicht."

„Stimmt, sonst wären alle Männer tot und wir Frauen würden längst die Welt regieren."

„Schlecht!?", grinst Barbara breit.

Totenmahl

Vom Friedhof in Oberöd zum *Jägerwirt* nach Unteröd muss man schon mit dem Auto fahren. So ist das nicht. Auch wenn es nur ein paar Kilometer sind. Aber zu Fuß ist es dann auch wieder zu weit. Es gibt natürlich auch einen Abkürzer, aber über die Hauptstraße ist es schneller, bei der Wasserstelle rechts, beim *Inferno* vorbei und gleich wieder links runter Richtung Unteröd. Deshalb heißt Unteröd ja Unteröd, weil Oberöd 950 Meter über dem Meeresspiegel liegt und Unteröd nur 850 Meter. In Oberöd hat man dafür auch einen Monat länger Sonne. Oberöd ist quasi Beverly Hills, Unteröd die Bronx und Öd ist einfach nur öd.

„Ist doch komisch, findest du nicht? Nehmen wir mal an, du hast recht und sie ist eines natürlichen Todes gestorben.

„Ich hab recht", antwortet Barbara knapp.

„Okay, du hast recht. Warum nimmt der gute Beischläfer dann Reißaus? Wieso? Wieso ruft der nicht bei dir in der Praxis an?"

„Vielleicht war es ja mein Mann."

Liesl schaut sie entsetzt an.

„Schau nach vorne, sonst fährst du noch in den Graben. Das war ein Scherz. Der Bernhard sitzt ja immer nur auf seinem Rennradl."

„Ah! Verstehe! Du meinst, der Mörder ist verheiratet!"

„Liesl, wie oft noch? Es gibt keinen Mörder. Auch wenn du das gerne hättest."

Liesl bettelt weiter um ihr Drama: „Wie wäre es mit Totschlag? Unterlassene Hilfeleistung?"

„Du nervst! Nur weil dir so unendlich fad ist, willst du unbedingt, dass was passiert. Aber deshalb passiert hier noch lange nix. Es sei denn, du schaust weiterhin nur mich an und nicht auf die Straße. Dann sind wir zwei die Nächsten, die sie begraben."

„Ich sage dir, wir müssen nur den Code entschlüsseln. Der Code ist der Schlüssel zum Erpresser.“ Liesl wedelt triumphierend mit dem kleinen Büchlein.

„Schau auf die Straße!“

Beim *Jägerwirt'n* parkt Liesl rasant ein und fährt gleich einmal einen von den unnötigen Plakatständern mit dem Konterfei der Frau Bürgermeisterin um. „Danke“ ist das Einzige, was ihr darauf einfällt. Was nicht schwer ist, weil's eh draufsteht. Und gerade wie Barbara mit ihr schimpfen will, sagt Liesl schon: „Duck dich“ und duckt sich. Barbara blickt sich um.

„Da, die Krug Eva und der Nah-&-Frisch-Walter“, flüstert Liesl aus der Deckung heraus. Jetzt sieht auch die Frau Doktor die beiden heftig miteinander diskutieren.

„Und warum bitte soll ich mich ducken? So wie du gerade vorgefahren bist, erscheint mir das eine Spur zu sinnlos.“

Liesl geht gar nicht darauf ein, während Barbara aufrecht sitzen bleibt.

„Der Gatte der Frau Bürgermeisterin und die Frau Amtsleiterin. Das kann kein Zufall sein“, flüstert Liesl.

„Eh nicht. Sie sind ja auch gerade noch auf dem gleichen Begräbnis gewesen. Und sag jetzt bitte nicht, die beiden haben was miteinander.“

„Die? Nie!!! Die zwei sind so öd, die halten ihre Geschlechtsorgane für Dekoartikel.“

„Da kenn ich noch einen“, seufzt Barbara, „aber was hab ich erwartet von einem Mann, der seine Beine rasiert?“

Liesl hat nur Augen für die Verschwörung: „Der Walter versucht, sie zu beruhigen. Der weiß was, was wir nicht wissen.“

„Das ist nicht schwer.“

„Vielleicht weiß er ja von dem Notizbuch. War der nicht einmal beim Bundesheer?“

„Kann schon sein.“

„Da lernt man doch Chiffrieren, Codieren und so Zeug."

In dem Moment bemerken die zwei Liesl und Barbara. Augenblicklich gehen sie einen Schritt auseinander. Walter nickt kurz den beiden Frauen zu und verschwindet im Gasthaus. Eva verharrt einen Augenblick, schärft ihren Blick nach und schaut die zwei an, als würde sie sie gern in kleine Teile schneiden. Erst dann folgt sie Walter ins Gasthaus.

Liesl wird gleich ganz anders. „Die hat uns jetzt angeschaut, als hätten wir ihr was getan."

„Komisch, dabei verdächtigst du sie doch nur des Mordes."

„Tu ich nicht."

„Tust du nicht?"

„Nein, tu ich nicht."

„Stimmt. Hast recht. Du verdächtigst ja einen jeden."

„Aber keine Frau. Es hat definitiv ein Mann die Magdalena in den Tod getrieben. Und das im wahrsten Sinne des Wortes."

„Warum bist du dir da so sicher? Bei den vibrationsstarken Hilfsmitteln, die bei der Magda im Keller lagen, muss das nicht sein. Wundert mich eigentlich, dass sie kein Latex-Dirndl im Kasten hängen hatte. Das wäre doch der ultimative Kick. Und das Codewort ist ‚Schürze'."

„Das habe ich gar nicht bedacht."

„Was, das mit dem Dirndl?"

„Nein, dass es auch eine Frau sein könnte."

„Was ändert das? Solange guter Sex nicht strafbar ist, gibt's weder eine Täterin noch einen Täter."

Jetzt ist es mal die Liesl, die genervt reagiert. Sie öffnet mit Schwung die Türe und knallt gleich einmal damit gegen ein anderes Fahrzeug.

„Kein Wunder, dass dein Auto so aussieht, wie es aussieht."

„Es ist nicht mein Auto. Ich fahre nur damit."

„Das erklärt einiges."

„Aber ich liebe es, als wäre es meins."

„Das heißt, ihr zwei habt's auch so was wie eine SM-Beziehung."

„Wie kommst du drauf?"

„Liesl, dein Auto ist eine einzige Beule. Wäre die Kiste ein Mensch, würde ich als seine Hausärztin entweder auf Beulenpest tippen oder eine Wegweisung für dich beantragen und das arme Auto ins Frauenhaus, pardon, Autohaus schicken."

„Du übertreibst."

„Findest du? Naja, zumindest in dem Fall hat sich der andere einen Kratzer eingefangen."

Barbara betrachtet den Schaden an dem mattgrauen Fiat 500 Abarth, der gleich neben ihnen parkt.

„Wem gehört der?" Liesl blickt sich um.

„Das weißt du nicht? DU kennst doch jeden und jede hier."

„Eh! Die peinliche Karre da vorne, mit der roten Mamba auf der Motorhaube, gehört dem Mike und daneben steht das Polizeiauto von der Petra."

„Wow! Ich bin beeindruckt", sagt Barbara und meint genau das Gegenteil.

„Aber den hier kenne ich nicht. Der muss neu sein. Egal. So schlimm ist es nicht." Liesl spuckt sich auf zwei Finger und fährt damit über den gelben Strich, der gut sichtbar dem mattgrauen Auto Farbe verleiht.

Barbara verzieht angewidert das Gesicht: „Das hat meine Mama früher auch immer gemacht. Aufs Taschentuch gespuckt und mir und meinem Bruder die Mundwinkel sauber gemacht. Den Geschmack hab ich heute noch im Mund."

„Magst drüber reden?"

„Ja, aber nicht mit dir."

Die Gaststube ist bummvoll und laut. Rita und Nadine rennen sich die Füße wund. Die Jägerwirtin schupft den Laden normalerweise allein, die war ja nie verheiratet. Wer der Vater von

Nadine ist, weiß keiner. Die hilft heute nur aus, weil ihr nix anderes übrig bleibt.

Alle reden durcheinander. Die einen essen noch, die anderen sind schon fertig. Es wird gelacht und diskutiert. Zwischendurch hört man immer wieder „Prost!“ – „Prost!“ – „Prost!“ und dann ein paar Himbeergeister z'sammstoßen. Die Leute sitzen gedrängt an den Tischen. Es ist nicht schwer, zu sehen, wo welcher Verein hockt. Die vom Jagdverein tragen graue Filzhüte am Schädel mit einer Bürst'n dran. Bei denen vom Trachtenverein ist eh klar, was sie tragen. Die vom Dorfverschönerungsverein sind zum Teil im Trachtenverein, im Sparverein und im Chor und laufen immer wieder zwischen den Tischen hin und her. Die zwei vom Tierschutzverein sind in der Minderheit, auch was die Speisenauswahl betrifft. Zumindest haben sie drüben im Eck ihre Ruh.

Am Stammtisch sitzen die neue Frau Bürgermeisterin mit ihrem Gatten, dem Nah-&-Frisch-Walter, gleich daneben der Herr Doktor Gapp und der *Inferno*-Mike. Der Bernhard hat der Barbara natürlich keinen Platz frei gehalten. Ihm gegenüber sitzt der traurige Pfarrer und wischt sich die Tränen mit dem Handrücken weg. Er würde jetzt lieber am Grab seiner Madonna hocken oder zumindest beim Gesangsverein, aber das geht nicht. Die Dorfhonorigen müssen immer beieinandersitzen. Und er ist nun mal einer von denen, obwohl er ein waschechter Inder und ein unechter Öder ist. Das Defizit macht er wieder wett, indem er einen Job macht, den sonst keiner mehr machen will. Keusch sein rechnet sich nicht mehr.

Einen Tisch weiter sitzt Familie Krug. Andreas starrt blöd in sein Bier und spricht kein Wort. Petra streichelt ihrem Tobias hilflos über den Rücken, was den zu nerven scheint. Der bestellt gleich noch ein Bier, obwohl seine Halbe noch halb voll ist. Eva setzt sich zu ihrer Familie an den Tisch. Keiner schaut auf.

Es interessiert sich auch kein Schwein für Liesl und Barbara, wie sie die Gaststube betreten. Sie hätten ihre Sachen gar nicht umdrehen müssen. Schaut eh keiner hin. Vielleicht besser so. Liesl reitet nämlich ein Gedanke, während sie leise vor sich hinmurmelt und dabei ständig mit dem Kopf auf irgendwelche Leute deutet: „MD, UD, TD, KH, PM, ES und RJ."

„Wovon redest du?" Barbara blickt sie ratlos an.

„Ich weiß jetzt, was mit den Buchstaben gemeint ist. Das sind die Initialen. Bin gespannt, was in dem kleinen Büchlein hinter BG steht. Wenn ich mich nicht ganz täusche, dann sind das die Vorlieben."

„BG?"

„Bernhard Gapp. Dein Mann", grinst Liesl. Sie winkt Bernhard eine Spur zu übertrieben zu. Barbara findet das gar nicht lustig. „BGI."

„Hä!?" Barbara kapiert kein Wort.

„Bernhard Gapp, Impotent", kontert Liesl frech, „ich geh dann mal aufs Klo. Gott, ist mir fad!"

Liesl lässt ihre Freundin einfach stehen. Barbara fällt kurz die Lade runter, dann nickt sie knapp ihrem Mann zu. Der nickt noch knapper zurück.

Ein paar Minuten drauf steht Barbara angefressen in der Damentoilette. Liesl kommt aus der Kabine und wundert sich über ihre streng dreinblickende Freundin.

„Gib mir das Buch." Barbara streckt die Hand aus.

„Sind wir neugierig geworden?" Liesl zieht grinsend das Notizbuch aus der Tasche und reicht es Barbara.

„Wenn das stimmt, was du da behauptest, dann kommt praktisch jeder hier im Ort infrage."

Liesl wäscht sich die Hände. „Jeder und jede. Gendern nicht vergessen. Ich sag's dir, die Eva Krug hängt mit drin. Warum sollte die sonst das Notizbuch gehabt haben?"

Barbara durchforstet hastig die Liste. Schließlich atmet sie erleichtert aus: „Er ist nicht dabei."

„Wer?"

„Der Bernhard. Das steht da gar nicht."

„Wundert dich das jetzt?! Aber vielleicht ‚BGHWS'. Barbara Gapp, häufig wechselnde Sexpartner!" Liesl grinst ihre Freundin frech an.

„Schön wär's. Aber vielleicht gibt es ja eine ..." Barbara hält inne und schaut Liesl ratlos an. „Sag einmal, wie heißt du eigentlich mit Nachnamen?"

„Von der Post. Alter österreichischer Adel."

Grad wie Barbara ihr antworten will, betritt Petra die Toilette. Die junge Polizistin scheint emotional nicht auf der Höhe zu sein. Mehr in der Tiefe. Sie wirkt wie eine mit Bleigewichten beschwerte Taucherin, der beim Landgang die Luft ausgeht. Sofort steckt Barbara das Notizbuch ein. Ein kraftloses „Servus" hallt aus Petra heraus. Aber auch nur, wenn man genau hinhört.

„Alles gut bei dir?", fragt Barbara besorgt.

„Gab schon mal bessere Zeiten."

„Hm?"

„Gab schon mal bessere Zeiten."

„Wieso nimmt dich das so mit? Kanntest du die Magdalena so gut?"

„Nein. Die ist mir wurscht. Beziehungsstress mit dem Tobi."

„Hm?"

„Beziehungsstress mit dem Tobi. Wurscht."

Petra schnallt ihren Waffengurt ab, als wärs ein Bleigurt, und legt ihn aufs Waschbecken. „So schwer, das Klumpert. Braucht eh kein Mensch bei uns da", schnauft sie und verschwindet dröge in einer der Kabinen. Barbara fühlt sich bestätigt und grinst ihre Freundin stumm an. „Bis später", hören sie Petra noch aus der Kabine murmeln oder zumindest vermuten sie, dass sie das gesagt hat. Dann sind sie auch schon auf dem Weg zurück in die Gaststub'n, wo der Herr Pfarrer seine Traurigkeit mit einer *Hommage an seine Taube* zu überwinden versucht. Der Kirchenchor steht ihm bei und singt mit.

„Hat er nicht am Grab auch so was gesagt? ‚Unser Traum fliegt dahin ...'", überlegt Liesl.

„Glaubst wirklich, er war das? Traust ihm das echt zu? Dass sein kleiner Rahul sie in den Himmel … du weißt schon."

Und schon äfft Liesl *seine indische Aksent* nach: „Die Glaube verleiht Flügel. Und wenn nicht die Glaube, dann kleine blaue Pille."

Mitten in das erlösende Lachen der beiden stolziert die Frau Bürgermeisterin. Franziska ist noch nicht lange im Amt, verhält sich aber schon so, wie man es von Politikern und Politikerinnen erwarten darf. Leicht arrogant und doch volksnah. Und immer mit ein bissel einem Spitz. Zumindest am Land wird eine gewisse Standhaftigkeit vorausgesetzt. Und sei es auch nur beim Alkoholkonsum. Das alles würde sie auch schon ganz gut hinbekommen, wäre da nicht dieser dumme Schluckauf, der das Gesamtbild einer aufrechten Politikerin ins Wanken bringt. Zeitgleich kommt die schwer atmende Tiefseetaucherin aus der Damentoilette zurück. Langsam wird's eng am Gang.

„Grüß euch!", sagt Franziska.

Liesl und Barbara antworten brav, während sich Petra an ihnen vorbei zurück in den Gastraum drängt.

„Grüß Sie, Frau Bürgermeister. Gratulation zum Wahlsieg", sagen beide gleichzeitig, als wären sie Hanni und Nanni.

„Dankeschön," antwortet Franziska, von einem Hicks begleitet. „Habt ihr mich überhaupt gewählt?"

„Wen sonst", sagen die zwei wie aus einer Schreckschusspistole geschossen. Franziska kneift die Augen zusammen und lässt sich, dem Himbeergeist der Verstorbenen geschuldet, zu einer aufrichtigen Antwort hinreißen: „Ist ja auch egal. In

Wahrheit. Wenn du die einzige Kandidatin bist, geht dir das am Arsch vorbei. Aber sagt's es nicht weiter." Und schon ist sie in der Damentoilette verschwunden.

Gleich drauf kommt Eva Krug aus der Gaststube und marschiert entschlossen in Richtung Toilette. Hanni und Nanni wissen nicht, wie sie die Gefühlswelt der Frau Krug einzuordnen haben. Ist sie jetzt wütend oder verzweifelt? Aber noch bevor sie eine schlüssige Antwort darauf finden, schießt es auch schon aus Eva heraus: „Die tun grad alle so, als hätten's eine Heilige begraben."

Liesl versucht auszuloten, woher der Groll kommt: „Etwa nicht?"

„Hexenverbrennung hätt' besser passt. Wenn das so weitergeht, suchen's noch um eine Audienz beim Papst an, zwecks Seligsprechung. Aber der Herrgott wird's schon richten. Früher oder später. Einen jeden von uns. Und die unheilige Magdalena im Speziellen." Dann zieht sie unvermittelt ihren in Selbstmitleid getränkten Rotz hoch und stürmt der Frau Bürgermeisterin nach in die Damentoilette.

„Hui, da geht der Rauch auf", sagt Barbara und blickt der Inquisitorin beeindruckt hinterher. „Aber kein weißer."

Dann passiert das Unglück. Gerade wie Liesl und Barbara zurückkehren in die Gaststube, Pfarrer Rahul im zwölfsaitigen Solo versinkt, der Chor zwei holprige Takte später in den Refrain einsteigt und der trauernde Saal lauthals und herzzerreißend einstimmt:

Unser Traum fliegt dahin,
wie eine Taube im Wind.
Wir sehen uns im Himmel
Und singen uns're Lieder,
immer wieder, immer wieder …

Und Gott weint schon wieder

Das gibt's doch gar nicht. Jetzt stehen sie schon wieder am Friedhof. Nur ein Grab weiter. Das von der Magdalena ist grad erst zugeschüttet und schon haben sie das nächste ausheben müssen. Wenigstens mit dem Wetter haben sie mehr Glück. Und wieder stehen der Herr Pfarrer und der Chor da, nur dass es ihnen diesmal die Stimmen und die Stimmung verschlagen hat. So wie all den anderen auch, die erst vor ein paar Tagen dagestanden sind. Also fast. Bis auf eine. Es ist wirklich zum Weinen.

Das noch größere Unglück

Nach dem Knall sind Liesl und Barbara als Erste in die Damentoilette gerannt. Sie sind ja noch in der Türe gestanden, wie sie den Schuss gehört haben.

Auf dem kalten Fliesenboden liegt Eva Krug, aus ihrer Brust rinnt Blut, in der Hand hält sie die Dienstwaffe von Petra. Deren Gürtel liegt noch, schwer wie Blei, auf dem Waschbecken. Und grad wie Liesl die tote Eva erblickt, spielt ihr Kreislauf auch schon wieder Cha-Cha-Cha und sie rutscht mit dem Rücken an den glatten Fliesen runter. Die Klospülung hört sie schon gar nicht mehr, das kriegt nur Barbara mit.

Eine Sekunde später kommt Franziska aus der Kabine und hält sich fassungslos die Hand vor den Mund. Das ist schon keine Überraschung mehr, das ist ein Schock. Die Frau Doktor ist da schon viel cooler. Nachdem sie ziemlich schnell bei Eva den Tod feststellt, was nicht schwer ist, bei einem offenbar direkten Herzschuss, gibt sie ihrer Freundin erst mal ein Stück Traubenzucker. So was hat sie neuerdings immer dabei, wo doch Liesl so zum Cha-Cha-Cha neigt.

Gefühlte 30 Sekunden später steht die halbe Trauergemeinde in der Türe zur Damentoilette. Was schon schlimm genug ist. Es wird aber noch schlimmer, als sich Tobias Krug durch die Menge drängt und seine Mutter tot am Boden liegen sieht. Regungslos versucht er zu begreifen, was er nicht begreifen kann.

Gleich hinter ihm taucht seine Freundin Petra auf. Und sieht jetzt, was sie schon erahnt hat, wie sie drüben in der Gaststube den Schuss gehört hat. Dass der nämlich aus ihrer Dienstwaffe abgefeuert wurde. Instinktiv hat sie in dem Moment nach ihrem Gürtel gegriffen, genauer gesagt, sie hat ins Leere gegriffen. Und dann war ihr auch schon alles klar. Das ist mal so richtig scheiße, wenn sich deine Schwiegermutter mit deiner Dienstwaffe erschießt und du eh gerade eine Beziehungskrise hast. Wobei das wohl das geringste Problem ist.

Noch während Petra am Tisch sitzt, wie alle anderen längst in Richtung Damentoilette rennen, sieht sie alles vor sich. Sie schaut ihrer Zukunft direkt in die Augen: Tobias gibt ihr die Schuld am Tod seiner Mutter, sie verliert ihren Job bei der Polizei, sie kommt vor Gericht, wird verurteilt und landet schließlich in irgendwelchen deutschen Talkshows, wo ein paar Idioten von ihren tragischen Schicksalen erzählen. In der Werbepause kommt sie mit einem von den Typen ins Gespräch. Aus reiner Verzweiflung haben sie schlechten Sex auf der Toilette von PLUS-DREI. Sie wird schwanger und muss die Zwillinge allein großziehen. Weiter kommt sie nicht, weil irgendwer „Polizei!" ruft und sie aus ihrem Zukunftshorror reißt.

Tobias starrt sie böse an, wie sie in der Türe erscheint. Ihr erstes Zukunftsszenario bewahrheitet sich also bereits. Aber noch bevor er etwas sagen kann, drängt sich auch schon sein frisch verwitweter Vater durch die schaulustige Menge. Andreas will Eva halten und heben und einfach nicht wahrhaben, dass seine Frau ihn und die Welt von einem Moment auf den anderen verlassen hat.

Franziska steht in jeder Hinsicht völlig daneben da und redet und redet in ihrer Überforderung ohne Punkt, Komma oder Mitgefühl: „Ich war auf der Toilette und plötzlich hab ich einen Schuss gehört. Wenn ich nicht eh am Klo gesessen wäre, hätte ich mich ang'schissen vor Schreck."

Walter taucht in der Türe auf. Vor nicht einmal einer halben Stunde ist er noch draußen vorm *Jägerwirt'n* gestanden und hat mit Eva geredet und jetzt liegt sie da, vor ihm, in ihrem warmen Blut auf dem kalten Fliesenboden. Die Beine schwanken ihm. Liesl ist schon versucht, ihm was von ihrem Traubenzucker abzugeben, wenn sie nicht vollkommen gefesselt wäre von Franziskas Gesichtsausdruck. Die Enttäuschung steht ihr mit einem dicken, fetten Edding ins Gesicht geschrieben: „Hier steht deine Frau, völlig verzweifelt, dem Tod ins Auge blickend, und das Erste, was du tust, ist dich um eine Tote zu sorgen, die eh schon tot ist." Keine Ahnung wie dieser lange Text auf ein ganzes Gesicht passen soll. Aber man muss das ja auch eher symbolisch betrachten.

Der Nächste, der sich reindrängt, ist Pfarrer Rahul, der einen seiner Profession eigentlich nicht entsprechenden Satz von sich gibt: „Und da soll man nicht die Glaube verlieren."

Irgendjemand ruft entsetzt: „Selbstmord!"

Liesl blickt sich in der Runde um und fragt sich, wer das gesagt haben könnte. Andreas, der seine tote Frau in den Armen hält, scheint das nicht zu verwundern, aber in Franziskas Augen liest sie Erleichterung und Angst zugleich. Ganz ohne Edding. Und gerade wie sich Liesl denkt, dass es wohl nicht mehr Überraschungen an einem Tag geben kann, hört sie eine Stimme, die sie noch nie in Öd gehört hat.

Sie sieht wie die Leute zur Seite treten, als hätte Moses das Meer geteilt. Ein doch eher übertriebener Vergleich, das weiß sie auch, aber das denkt sie nun mal in diesem Moment. Obwohl sie aus der Kirche ausgetreten ist. Da ist man machtlos. Und dann steht er plötzlich vor ihnen: der fesche Unbekannte, der ohne Schirm. Der, dem das Wasser in den Nacken geronnen ist. Der ein bissel aussieht wie George Clooney, nur in der Österreich-Edition. Auf einmal steht alles still. So kommt es Liesl jedenfalls vor. Als hätte jemand die Pausetaste gedrückt.

Barbara kniet neben der Toten. Andreas hält sie im Arm. Franziska steht in der offenen Kabinentüre. Walter steht kraftlos daneben. Tobias starrt Petra an und Liesl hockt mit dem Rücken an der Wand auf dem Boden. Niemand rührt sich. Und der große, fesche Unbekannte sagt: „Lassen Sie mich durch, Polizei!"

TEIL ZWEI

Die Enttäuschung, das Video-Inferno, die Barbara, die Offenbarung und das Herzerl am rechten Fleck

Bestattungsrituale

Die wenigsten wissen, dass das Volk der Bo, die einst im Südwesten der chinesischen Provinz Szechuan gelebt haben, ihre Toten nicht begraben, sondern an Felswänden aufgehängt haben. Die Särge wurden immer aus einem einzigen Baumstamm angefertigt und mit Seilen an den Klippen befestigt. Man nimmt an, dass dieses Ritual den Weg ins Jenseits erleichtern sollte. Interessant auch, dass das Volk der Bo im 16. Jahrhundert unter äußerst mysteriösen Umständen komplett von der Erdoberfläche verschwunden ist.

Liesl würde dieser Geschichte wirklich gern auf den Grund gehen, aber sie fürchtet, dass die Angelegenheit längst verjährt ist. Außerdem zieht es sie nicht so nach Szechuan. Liesl reicht es vollkommen, Dokumentationen über fremde Welten im Fernsehen anzusehen. Da kann man in die Ferne schweifen und trotzdem daheim am Sofa liegen. Erst kürzlich hat sie sich eine wirklich interessante Doku über ungewöhnliche Bestattungsrituale angeschaut. In West-Papua in Neuguinea gibt es zum Beispiel ein indigenes Volk, das einen besonders grausamen Aspekt der Trauerphase praktiziert. Das Volk der Dani amputiert den Frauen der Verstorbenen einen Finger. Der abgetrennte Finger soll die Geister besänftigen, wobei der physische Schmerz als Ausdruck des Leidens dient. Dabei musste Liesl gleich mal an Pamela Anderson denken, die war immerhin schon fünfmal verheiratet. Wenn ihre Männer alle verstorben wären, dann hätte sie jetzt an einer Hand keine Finger mehr, sofern der Daumen auch als Finger gewertet wird. Oder man nimmt ihn als Pfand für eine eher kürzere Ehe her. Auch eine Möglichkeit.

In Ghana wiederum werden die Leute in Särgen begraben, die ihren Beruf oder ihre Hobbys widerspiegeln. So lässt man sich zum Beispiel in riesigen Fischen, Flugzeugen, Flaschen oder Früchten beerdigen. So ein Sarg kostet für Einheimische gleich mal 400 Dollar, was ungefähr dem durchschnittlichen Jahreseinkommen in Ghana entspricht. Liesl würde sich natürlich in einem riesigen Briefkasten beerdigen lassen oder in einem gepolsterten Einschreiben, das Gott bei der Ankunft im Himmel quittieren muss. Sofern da oben überhaupt mal wer zu Hause ist.

Didi ist leider gleich einmal am Sofa eingeschlafen. Dabei hätte sie sich nur allzu gern mit ihm darüber unterhalten, ob es wohl auch Dokus über unsere Sitten und Gebräuche gibt, die sich dann Leute in Papua-Neuguinea oder in Szechuan ansehen. Wie die das wohl finden, dass wir einen halb nackten Mann anbeten, der an ein Kreuz genagelt wurde? Und dass wir unsere Toten zwei Meter unter der Erde verscharren, in der Hoffnung, dass sie wieder auferstehen?

Diesmal scheint zumindest die Sonne und die Gitarre hat Pfarrer Rahul auch zu Hause gelassen. Dabei war doch die Eva im Kirchenchor. Es heißt ja, dass die Magdalena und die Eva ziemliche Kämpfe ausgestanden haben, was die Leitung vom Chor betrifft. Die Eva hat immer gesagt: „Ein Kirchenchor ist nur ein richtiger Kirchenchor mit einer Kirchenorgel."

Und die Magdalena hat dann jedes Mal in ihrer charmanten Art drauf hingewiesen: „Ist halt blöd, wenn wir die Kirchenorgel immer mit nach Lourdes oder Mariazell schleppen müssen. Da ist ein Fuchsschwanz, an dem eine Zwölfsaitige hängt, schon leichter."

„Dazu müsste man halt auch Gitarre spielen können", hat dann wieder die Eva gekontert, „du kannst dir ja nicht einmal die Akkorde merken." Und so weiter und so fort.

Bei der Abstimmung zur Chorleiterin hat die Schamberger haushoch gegen die Krug Eva gewonnen. Die Eva hätte die Magdalena daraufhin am liebsten senkrecht in einem Baumstamm gehängt oder zumindest in einer überdimensionalen Gitarre eigenhändig begraben, nachdem sie sie mit einer von den zwölf Saiten erwürgt hätte. Wer weiß, warum die Magdalena so überraschend ihren Job auf der Gemeinde gekündigt hat. Die Eva war da Amtsleiterin.

Gleich neben Pfarrer Rahul steht die trauernde Familie. Oder, besser gesagt, das, was von ihr noch übrig ist: der zerstörte Witwer und sein noch immer regungsloser Sohn Tobias.

Petra trägt schon keine Uniform mehr. Sie wurde noch am gleichen Tag suspendiert. Kein Wunder. Aber das schwarze zweiteilige Kostüm steht ihr wirklich gut. Das Packerl vom Onlineshop ist gerade noch rechtzeitig am Vormittag angekommen, denkt sich Liesl, wie sie mit den Augen die Trauergäste scannt. Das muss die Petra noch am gleichen Tag, an dem alles passiert ist, bestellt haben. Sonst geht sich das nicht aus. Arg. Ihre Uniform hat immer eine Spur zu groß gewirkt. Sie ist ja doch eher eine zarte Person. Gleichzeitig ein Wunder, dass sie sich da hertraut. Sie ist ja in gewisser Weise schuld an dem Ganzen. Deshalb steht sie auch nicht mehr beim Tobias. Und über den Rücken wird sie ihm wohl auch nicht mehr so schnell streicheln. Viel besser in seine Uniform passt da schon der neue Postenkommandant. Fesch, wirklich fesch. Post hat er auch schon bekommen: Herr Magnus Tröger, Winkligweg 4, Öd. Mit der Hand geschrieben. Von einer Frau.

Die Bürgermeisterin übt sich noch immer in der großen, gefassten Tragödie. Als wäre das da ein Staatsakt. Sie und ihr Nah-&-Frisch-Walter haben ein bissel was von Angela Merkel und ihrem Mann, wie hieß der gleich? Egal. Da bekam man auch immer das Gefühl, dass er zu Hause nix zu sagen hat. Ihre Rede hat ein bissel was von Martin Luther Kings „*I have a dream*“ und der Grabrede Friedrich Engels' für Karl Marx: „Ihr Name wird durch die Jahrhunderte fortleben …“ Liesl weiß das so genau, weil sie erst kürzlich eine Doku über die bedeutendsten Reden der Weltgeschichte gesehen hat. Die Franziska glaubt, das merkt hier keiner. Die Öder sind vielleicht öd, aber nicht blöd.

Joachim Sauer! Jetzt weiß sie es wieder. So heißt er. Der Mann von der Merkel. Und der Mann von Margaret Thatcher hieß Denis. Warum soll es denen besser gehen als den unzähligen Frauen, die im Schatten ihrer aufgeblasenen Männer stehen?

Sonst sind nur die üblichen Verdächtigen zu sehen: *Inferno*-Mike, Kleenex-Susi, Basta-Roswitha und die gesamte Eva-Krug-Kirchenchor-Fraktion, wo man nicht genau weiß, ob sie über den Tod ihrer Oppositionsführerin trauern oder über den Umstand, dass es ihnen nicht gelungen ist, die Kirchenorgel bis ans Grab zu schleppen. Pfarrer Rahul spricht zu den Trauernden: „Und nur in die Glaube an die Herr finden wir Trost in unsere grenzenlose Schmerz."

Liesl und Barbara tuscheln miteinander: „Ich hab gedacht, Selbstmörder haben kein Recht auf ein christliches Begräbnis." – „Wennst beim Kirchenchor warst, schon."

Pfarrer Rahul wirft den beiden einen strengen Blick zu und erhebt die Stimme: „Herr, schenke unsere Schwester Eva die Erleichterung von die Zerwürfnisse, die sie in die Tod getrieben haben."

„Wir bitten dich, erhöre uns."

Liesl hat natürlich ihre Zweifel: „Glaubst du immer noch, dass das alles ein Zufall ist?"

„Psst!!"

„Entschuldige, aber dass die Leute in Öd der Reihe nach sterben und wir hier am Friedhof gleich ein Begräbnis-Abo abschließen könnten, ist für dich normal?"

Barbara kontert gewohnt pragmatisch: „Die eine ist an einem Orgasmus gestorben und die andere an einer Kugel. Und aus."

Pfarrer Rahul wird noch lauter: „Verzeihe allen, die sich mitschuldig fühlen an deine Tod und gib ihnen die Glaube und die Zuversicht an deine Vergebung."

Sofort schauen alle zu Petra, die daraufhin ansatzlos zu heulen beginnt und die Flucht ergreift. Na super, denkt sich Liesl. Die Nächste, die sich umbringt. Und was rufen dann noch alle? Eh klar: „Wir bitten dich, erhöre uns."

Liesl stupft ihre Freundin erneut an: „Vielleicht war es ja gar kein Selbstmord und die Franziska hat sie erschossen?"

„Wieso sollte die ihre beste Mitarbeiterin töten? Du bist echt paranoid." Barbara deutet auf den feschen Postenkommandanten: „Von dem da hast du auch gedacht, dass er der Mörder von der Schamberger ist. Und was ist? Er ist ein Bulle. Liesl, bei aller Liebe, aber das hat schon einen Grund, warum du bei der Post und nicht bei der Polizei bist."

Unvermittelt drängt sich Walter durch die Trauergemeinde. Es wirkt fast so, als hätte er sich die ganze Zeit nur zusammengerissen. Jetzt platzt alles aus ihm heraus. Gerade wie der Kirchenchor ein Requiem anstimmen will, kotzt Walter ein paar Meter weiter lautstark hinter den Grabstein vom Anton Gäns, der das erfreulicherweise nicht mehr miterleben muss. Liesl fragt sich, was dem jetzt gerade nicht mehr ganz so nah und frischen Walter wohl so derartig auf den Magen geschlagen hat.

Magnus

Wie das halt so ist am Land, hat die Jägerwirtin auf den Schuss hinauf erst einmal alle mit einem Schamberger Himbeergeist beruhigt. „Die Eva hätte es so gewollt", hat sie bei jedem Glaserl gesagt, was die Leute ja in solchen Momenten gern sagen, um einen Grund zum Saufen zu haben. In dem Fall ist sich Liesl nicht sicher, ob die Eva das so gewollt hätte. Erstens war sie strikte Antialkoholikerin und zweitens ist der Himbeergeist von ihrer Erzfeindin. Und das bleibt sie auch. Bis zur Wiedergeburt, wenn's sein muss.

Inzwischen stehen alle draußen vorm Eingang, weil es drinnen niemand aushält. Es herrscht Totenstille. So sehr sitzt der Schock noch allen in den Knochen. Hat man ja auch nicht alle Tage, dass wer bei einem Leichenschmaus stirbt. Und das nicht, weil das Essen so schlecht ist.

Magnus steht beim Polizeiwagen und nimmt die Aussagen auf. Als Erstes die von der Franziska. Liesl und Barbara hocken auf den Stufen zum alten Gasthaus und hören unauffällig aufmerksam zu. Perfekt gespieltes Desinteresse. Gar nicht so leicht. Die Frau Bürgermeister geigt hingegen, was das Zeug hält. Sie gibt einem fast das Gefühl, dass ihr Schicksal tragischer ist als das von der Eva. „Ich bin auf dem Klo gesessen. Dann habe ich die Türe gehört und jemanden weinen. Und dann auf einmal so einen lauten Knall, dass es mir fast das Trommelfell zerrissen hätte. Und wie ich dann rausgestürmt bin, hab ich die Eva da liegen sehen, am Boden. In ihrem Blut. Diesen Anblick werde ich nie vergessen."

Magnus beendet das Gespräch: „Danke, das war's fürs Erste."

Aber so schnell gibt Franziska nicht auf: „Es ist so tragisch. So furchtbar tragisch. Sie war meine beste Kraft."

„Wie gesagt, das war's fürs Erste."

„So tragisch."

„Sagten Sie bereits."

„Sie müssen sich vorstellen, ich bin ja gerade einmal zwei Wochen im Amt. Und schon jagt eine Tragödie die nächste." Wie Franziska ihm auch noch von ihrem anspruchsvollen Wahlprogramm erzählen will, wendet er sich demonstrativ ab, um sich Liesl und Barbara zuzuwenden.

„Magnus Tröger. Ich bin der neue Postenkommandant. Eigentlich wollte ich meinen Dienst erst in einem Monat antreten, aber die Umstände zwingen mich dazu, früher zu beginnen."

Ein Lächeln ist ihm sicher, was Liesl trotzdem nicht davon abhält, die Sache unverblümt anzugehen: „Und was haben Sie auf dem Begräbnis zu suchen gehabt?"

„Am Friedhof lernt man die Leute kennen, Frau …"

„Lieselotte. Aber die Menschen, die mich mögen, sagen Liesl. Und das ist meine Freundin, die Barbara."

„Doktor Gapp", korrigiert Barbara knapp.

Das vergisst Liesl manchmal, dass ihre Freundin ja eine Frau Doktor ist.

„Freut mich. Können Sie bestätigen, was die Kollegin Möslechner ausgesagt hat?" Magnus deutet in Richtung Petra, die in eine Decke eingehüllt im Rettungswagen sitzt und schluchzt.

„Was hat sie denn ausgesagt?", kontert Liesl oberg'scheit.

„Vielleicht schildern Sie mir einfach mal, was Sie gesehen haben."

„Wir waren auf der Toilette, da ist die Petra reingekommen, hat über den schweren Gürtel gejammert, hat ihn aufs Waschbecken gelegt und ist in einer von den Kabinen verschwunden."

„Ja, genau so war's", mischt sich Barbara ein, damit Magnus nicht denkt, dass sie den Mund nicht aufkriegt.

Liesl setzt gleich noch eins drauf, vielleicht auch, um sich eine Spur interessanter zu machen. Man könnte fast glauben, dass die beiden um den feschen Polizisten buhlen. „Das ist ja das Feine bei der Post. Ich arbeite bei der Post, wissen S'. Wir haben einen Handheld und ein Polo-Leiberl. Das war's. Wir kommen ja gar nicht in so eine Situation."

„Ich bin ganz Ihrer Meinung. Gott sei Dank ist die Post nicht bewaffnet", antwortet Magnus mit einem Lächeln.

Barbara meldet sich erneut zu Wort: „Wir sind der Eva noch am Gang begegnet."

Woraufhin Liesl gleich noch eins draufsetzt: „Sie war ziemlich aufgelöst." Magnus reicht, was er gehört hat, was aber nicht bedeutet, dass es der Liesl reicht: „Emotional."

„Danke."

„Und wütend."

„Okay."

„Und geschimpft hat sie. Über die Magdalena."

„Danke."

„Ziiiiemlich heftig!!"

Magnus verzieht das Gesicht. „Ich hab's verstanden."

„Sicher?"

„Sicher!"

„Wenn Sie irgendwelche Fragen haben, Herr Inspektor, einfach melden."

„Mach ich, Lieselotte." Magnus lächelt gequält und gibt ihr damit zu verstehen, dass sie nervt.

Liesl gibt trotzdem nicht auf. Sie ist schon fast so anstrengend wie die Franziska und mindestens so anstrengend wie der Herr Pfarrer. „Sie glauben also auch, dass es Selbstmord war?"

Magnus blickt sie eindringlich an. „Glauben tut man in der Kirche. Wissen tut man auf der Polizei." Er lässt sie einfach stehen.

Barbara schaut ihre Freundin verärgert an: „Pass auf, dass du nicht ausrutscht?"

„Worauf?"

„Auf deiner Schleimspur."

„Ich wollte dem armen Mann nur auf die Sprünge helfen. Das war alles."

995

Spätestens um sieben sollte sie normalerweise auf der Poststelle sein. Halb sieben ist noch besser, aber das schafft sie eher selten. Besser gesagt nie. Wozu auch? Liesl schläft gern lang. Wenn ihr Job einen Nachteil hat, dann den, dass sie früh aufstehen muss. Sie schaut doch so gern Dokus. Bis spät in die Nacht hinein. Am liebsten am Sofa. Aber heute ist alles anders. Heute ist sie motiviert. Heute ist sie schon um halb sechs in der Kuchl gestanden und hat sich einen Kaffee gemacht. Freiwillig. Ohne Wecker.

Liesl hat nämlich einen Plan. Sie hat sich in der Nacht eine Liste gemacht mit allen Verdächtigen, weniger Verdächtigen und Unverdächtigen. Quasi eine Rankingliste und die arbeitet sie jetzt systematisch ab. Polizeiarbeit ist auch nur Mathematik. Gänzlich unverdächtig sind zum Beispiel nur die Barbara und sie selber. Eventuell auch noch der neue Postenkommandant. Weniger verdächtig ist der Doktor Gapp, auch wenn Liesl ihn nicht wirklich leiden kann, aber Gefühle müssen außen vor bleiben, wenn man professionell recherchieren will. Es ist zwar draußen vorm Haus von der Magdalena ein Radl gestanden, aber auf so was würde sich der eitle Herr Doktor nie setzen. Und dass er die Magdalena in einen orgiastischen Himmel katapultiert haben soll, geht sich gleich gar nicht aus.

Womit wir auch schon bei den Hauptverdächtigen wären. Und genau da ist Liesls Problem: Es sind quasi alle verdächtig. Der Pfarrer, der Mike, der Andreas, der Tobias, der Walter, die Franziska, die Petra, die Susi, die Roswitha, die Jägerwirtin und alle vom Trachtenverein übers Seniorenheim bis zum Kirchenchor. Und bei den Jungbauern an der Diskont-Tankstelle schaut sie zur Vorsicht auch noch vorbei. Man weiß ja nie. Und den Toni fragt sie auch, wenn sie ihn das nächste Mal mit zu seiner Mutter nimmt. Deshalb steht unter der Spalte mit den

Hauptverdächtigen nur eine einzige, allumfassende Zahl: 995. Exakt so viel Einwohner hat Öd. Bis vor zwei Wochen waren es noch 999, aber Liesl und Barbara gehören ja auch eher nicht zum Kreis der Verdächtigen. Einer von den 995 ist der Erpresser. Und je engmaschiger das Netz, desto sicherer. Deshalb muss sie so früh aufstehen, um einen Verdächtigen nach dem anderen abzuklappern. Kein leichter Job.

Normalerweise fährt sie nicht so schnell. Aber um die Zeit ist noch nix los. Sie schaltet kurz vor der Holzbrücke runter und gibt Gas. Ihre alte Postkutsche hebt für ein paar Sekunden ab und Liesl fühlt sich wie eine Brieftaube.

So früh war sie wirklich noch nie dran. Da werden Roswitha und Susi schön schauen, wenn sie vorfährt. Roswitha steht seit gefühlt 100 Jahren hinterm Schalter. Immer gleich, in ihrem Polohemd mit dem Posthorn drauf, das sich über ihren stolzen Busen spannt wie ein Airbag kurz nach dem Aufprall. Roswitha ist eine Bastion. Bei ihr hat sich noch nie jemand beschwert, höchstens erkundigt. Alle nennen sie die Basta-Roswitha, weil sie gern am Satzende sagt: „Und damit basta!" Sie war schon bei der Post, als Liesl ihre Lehre begonnen hat, und sie wird noch dort sein, wenn Liesl in Pension geht. Auch wenn sich das rein rechnerisch gar nicht ausgeht. Manchmal hat Liesl das Gefühl, dass sich Roswitha noch nie von ihrem Platz wegbewegt hat. Dass die ganzen Klimakleber ein Schaß sind gegen die Basta-Roswitha. Die pickt schon ihr Leben lang auf ihrem Hocker. Liesl ist sich gar nicht sicher, ob Roswitha überhaupt ein Zuhause hat. Post hat sie ihr noch nie bringen müssen, die sortiert sie sich selber aus. Gegen Roswitha ist Liesl eine Globetrotterin.

Wirklich heftig war es für Roswitha, wie sie vor fünf Jahren die große Poststelle geschlossen und eine winzige Postnebenstelle im Nah & Frisch vom Walter eröffnet haben. Das war für sie eine echte Schmach, eine Erniedrigung, der Untergang des Postwesens. Als hätte sie ihren Adelstitel abgeben müssen und wäre von der Herrschaft zur Dienstmagd degradiert worden. Bis sie draufgekommen ist, dass sie beim Walter im Laden viel mehr Ansprache hat. Und Ansprache braucht Roswitha, oder nein, sie braucht nur wen, der zuhört, reden tut eh nur sie. Roswitha ist noch so richtig schön analog. Sie gibt zwar alles wie vorgeschrieben in den Computer ein, aber sie schreibt das Ganze trotzdem noch einmal in ihr gelbes Buch. Mit einem Bleistift, den sie immer mit der Zunge befeuchtet. So ist sie. Basta.

Jetzt, wo Liesl drüber nachdenkt, muss sie ihre Verdächtigenliste noch einmal feintunen. Roswitha ist genauso unverdächtig wie Liesl und Barbara und der Postenkommandant und eventuell auch die Alten im Seniorenheim. Und die Kleenex-Susi, die beim Walter an der Kassa sitzt, auch. Die wäre viel zu schlicht, um wen zu erpressen. Das macht ihre Ermittlungen schon wieder eine Spur leichter und übertreiben muss sie es ja auch nicht.

Liesl parkt rasant rückwärts ein, steigt aus und öffnet die hinteren Ladetüren, die immer noch ein bisschen klemmen seit der Geschichte mit dem blöden Rollator. Sie muss Didi bitten, dass er das bei Gelegenheit gerade biegt. Und schon betritt sie mit einem fröhlichen „Griaß eich!" den nach Renovierung schreienden Naherholungsmarkt ihres Vertrauens. Susi räumt gerade Regale ein und schaut überrascht auf. Roswitha hockt, was sonst, auf ihrem Hocker vorm Computer und nimmt ihre rote Lesebrille ab, die in der Mitte durch zwei Magnete zusammengehalten wird: „Was tust du schon hier um die Zeit? Für dich ist es doch noch mitten in der Nacht."

„Der frühe Vogel überführt den Wurm."

„Welchen Wurm?"

„Wirst schon sehen.“ Liesl greift nach dem Rollwagen, auf dem ihre Arbeit für den Tag geschlichtet ist. „Gar nicht so viel heute.“

„Die Menschen schreiben keine Briefe mehr. Es ist eine Schande. Alles muss nur noch schnell, schnell gehen, keiner schreibt mehr mit der Hand“, seufzt Roswitha.

„Das sagst du immer“, erwidert Liesl lachend.

„Und ich hab recht. Basta.“

Tobias betritt mit gesenktem Haupt den Supermarkt. Er ist im letzten Lehrjahr beim Walter. Völlig neben der Spur, denkt sich Liesl. Kein Wunder, wenn deine Mutter sich erschießt. Susi geht auf ihn zu und umarmt ihn, auch wenn sie viel zu klein und zu zart für den stämmigen Kerl ist. Tobias macht sich los und verschwindet wie ein geschlagener Hund hinter der Wurst- und Fleischtheke. Roswitha kommen sofort die Tränen, obwohl ihr normalerweise nicht so schnell zum Weinen ist. Susi weint gleich einmal. Bei der ist das normal. Sie hat an der Kassa immer eine Packung Kleenex stehen. Daher der Name. Sie reißt eins raus und reicht es Roswitha. Die wischt sich schnell die Tränen weg und schnäuzt so laut ins Kleenex, dass Liesl erst gar nicht versteht, was Susi sagt: „Der arme Bub. Noch nicht einmal die Lehre abgeschlossen und schon die Mama verloren. Keiner kann den Parmaschinken so dünn schneiden wie er.“

„Dass der überhaupt zur Arbeit kommt.“

„Der Walter wird ihn eh gleich wieder heimschicken, wirst sehen. Basta.“

Susi hockt sich an die Kassa und tindert. Das tut sie immer, wenn gerade nichts los ist. Und es ist oft nichts los. Liesl erschließt sich die Angelegenheit nicht, weil Susi einen Radius von nur 50 Kilometern eingegeben hat. Nicht gerade viel, um den Mann ihrer Träume zu finden, bei einer Bevölkerungsdichte von 56,7 Einwohnern pro Quadratkilometer (hat Liesl aus einer Doku über Tirol). Und doch sieht sie Susi jeden Tag dort sitzen und mit dem Daumen nach links wischen. Und wenn Liesl sie dann fragt, was sie da tut, sagt Susi jedes Mal: „Die Hoffnung nicht aufgeben."

Roswitha klappt ihre Brille über der Nase zusammen, greift wie selbstverständlich zur Maustaste und schaut über ihren Brillenrand auf den Computer, obwohl der noch gar nicht eingeschaltet ist. Liesl weiß schon, warum sie immer zu spät in die Arbeit kommt.

„Sag, Roswitha, den RSA-Brief für den Mike, hat er den schon abgeholt?"

„Nein, sicher nicht. Kennst ihn doch", antwortet Roswitha und schaut unbeirrt weiter auf den toten Bildschirm.

„Geh, gib ihn mir mit. Ich versuch's noch einmal."

Roswitha blickt Liesl kritisch an. Eigentlich ist das nicht möglich. Aber Liesl hält ihrem Blick stand. Roswitha seufzt, gibt sich geschlagen und sucht den RSA-Brief raus. „Dann kannst ihm die ganzen Anwaltsschreiben hier auch gleich mitnehmen. Er wird dich dafür lieben."

„Ich sperr dann den Laden auf, gell!?", ruft Susi.

„Passt. Dann schalte ich jetzt den Computer ein", antwortet Roswitha.

Wie Liesl mit dem Rollwagerl aus dem Supermarkt kommt, um die Post in ihrem Auto zu verstauen, bemerkt sie den mattgrauen Fiat 500. Sofort packt sie das schlechte Gewissen und sie schaut unauffällig nach, ob der gelbe Strich noch zu sehen ist. Gerade wie sie nochmal mit Spucke drüberfahren will, fährt auch schon Walter in seinem Caddy vor. Auf der Seite von seinem kleinen Lieferwagen prangt ein Foto von ihm, wie er frisches Gemüse in den Händen hält und breit grinst. Alles gephotoshoppt. So weiße Zähne hat er nur auf seinem Caddy. Und drunter steht: *Immer frisch. Euer Walter.*

Bei den Begräbnissen hat er einen schwarzen Anzug getragen, aber jetzt läuft er wieder so rum wie immer. Weißer Kittel, kurze Hosen, Tennissocken, Sandalen. Die gleiche Magnet-Lesebrille um den Nacken wie Roswitha, nur in grün. Gibt's grad am Postschalter um 9,95.

„Servus, Liesl."

„Servus, Walter."

„Heut bist aber früh dran."

„Ihr tut's grad alle so, als ob ich immer zu spät wär."

Walter reagiert nicht. Er wirkt ratlos, unbeholfen und fahrig.

„Gehts dir wieder besser? Beim Begräbnis warst ja ziemlich angeschlagen."

Er nickt nur stumm.

„Du und die Eva, warts ihr nicht einmal ein Paar? Damals, in der Schule?"

Er muss sich erst fassen, bevor er ihr antworten kann. So kennt sie ihn gar nicht. Sonst ist er immer frisch, unser Walter.

„Sie war meine große Liebe", flüstert er.

„Aha. Und was ist dann die Franziska?"

Es kommt Liesl so vor, als würde er durch sie hindurchschauen. Gleich drauf dreht er sich wie ferngesteuert um und verschwindet im Supermarkt. Liesl ruft ihm irritiert hinterher: „Gut ... ich muss dann los. Schönen Tag noch, Walter." Antwort gibt's keine.

Wie eine Taube im Wald

Gerade wie Liesl von Oberöd auf die Hauptstraße abbiegen will, hat sie eine innere Eingebung. Jedenfalls bleibt sie stehen, blickt kurz zum Kirchturm, macht dann einen kleinen Schwenker und fährt um den Friedhof herum am Pfarrhaus vorbei. Und wie es der Zufall so will, kommt gerade der Herr Pfarrer heraus. Im schwarzen Anzug mit Piuskragen. Liesl ergreift gleich einmal ihre Chance. Eigentlich hat sie gar keine Post für ihn dabei, aber was tut man nicht alles, um ins Gespräch zu kommen. Liesl schnappt sich kurzerhand ein Kuvert mit Werbung. Erst jetzt bemerkt sie, dass er einen großen Koffer zu seinem Auto schleppt.

„Pfarrer Rahul?"

Er blickt sie mit leeren Augen an, wischt sich mit dem Handrücken die Tränen weg und öffnet umständlich mit dem Schlüssel den Kofferraum des alten Volvos.

„Scheiß drauf."

Hat er das jetzt wirklich gesagt? Offenbar.

„Na, wenn das der liebe Gott hört."

„Ist mir egal. Wir haben es verbockt." Er hebt mit aller Kraft den schweren Koffer hoch und versucht, ihn über die hohe Ladekante zu wuchten.

„Warten S', ich helfe Ihnen." Der Koffer ist wirklich verdammt schwer. „Was haben Sie da drin, eine Leiche?"

„Nein, mein Leben."

„Die Magdalena und Sie standen sich wohl sehr nahe?"

„Alles hätte ich für sie getan. Ich wollte meine Priesteramt für sie aufgeben. So verbrunzt war ich in sie."

„Verbrunzt?"

„Das sagt man doch so, oder?" Er schubst den schweren Koffer über die Ladekante ins Auto. „Ich hab mich verliebt. Ja!! Und sie, was hat sie getan? Sie hat gesagt, ich soll auf die Herr da oben hören. Sie wollte nicht, dass ich Gott für sie verlasse. Und schickt mich nach Hause. Und jetzt ist alles zu spät. Wir haben unsere Chance vertan. Die größte Fehler meines Lebens."

„Vorher oder nachher?"

„Vor was?" Er versteht nicht, was sie meint.

„Sind Sie nach dem Sex heim oder vor dem Sex?"

Er reagiert völlig entrüstet: „Ich bin Priester! Ich unterlieg die Zölibat!"

„Ich meine ja nur, weil die Schambergerin wahrscheinlich an einem Infarkt gestorben ist. Gerade wie sie einen Orgasmus gehabt hat."

Er schaut sie fassungslos an. Eine gefühlte Ewigkeit. Wie eingefroren. Unvermittelt greift er nach dem Koffer und reißt ihn mit einer einzigen, fast übermenschlichen Kraftanstrengung wieder aus dem Auto, als wäre darin seine schwere Enttäuschung verstaut. Liesl will ihm helfen, aber er stößt sie mit der Hand weg. Er will, er muss das allein tun. Dann zerrt er das schwere Ding zurück in die Pfarre und schlägt die Türe ein für alle Mal hinter sich und seinen Träumen zu.

Kalorien

Barbara sitzt genüsslich und nichts ahnend beim Frühstück. Ja, sie isst gern. Was heißt, sie isst gern, sie liebt es, gut zu essen. Sie ist überhaupt ein Genussmensch. Sie kocht für ihr Leben gern, sie liebt gute Weine, Schaumbäder, Massagen, Wellness, Wandern, am Strand liegen und im Meer baden. Und einen Hund wünscht sie sich auch. Aber Bernhard hat eine Hundeallergie.

Wie sie auf die Idee kommen konnte, einen Mann zu heiraten, der es liebt, sich zu kasteien, ist ihr mittlerweile ein Rätsel. Wenn sie sich an freien Tagen ihren ersten Kaffee macht und wieder zurück ins kuschelige Bett kriecht, kommt er bereits von seiner morgendlichen Radtour zurück. Dann hört sie seine Rennradschuhe mit dem Klicksystem über den Sichtbetonboden klackern. Klack, Klack, Klack, macht es dann. Exakt 27-mal. Klack-Klack-Klack. Bis sie hört, wie er die Badezimmertüre hinter sich abschließt und gleich darauf unter die Dusche steigt. Acht Minuten. Dann noch weitere fünfzehn Minuten im Bad. Körperpflege. Zwei Minuten später hört sie in der Küche die schwere Kühlschranktüre und dann den Mixer für seinen zuckerfreien Gemüse-Smoothie. Ihr Mann fährt im Jahr 20.000 Kilometer mit dem Rennrad. Das fährt Barbara nicht mal mit ihrem Auto. Sein Herz wiegt mit 400 Gramm um 200 Gramm mehr als das eines Büroangestellten. Das betont er sehr gern. Er trainiert fünfmal die Woche und fährt mindestens 100 Kilometer am Tag. An seinem Körper sind kein Gramm Fett und kein Haar zu viel. Er folgt einem strikten Ernährungsplan. Nicht einmal zu Weihnachten sündigt er.

Sie weiß gar nicht mehr, wann das anfing. Gesund ist das nicht. Zumindest aus ihrer Perspektive. Manchmal hat sie das Gefühl, er bestraft sich für etwas. Sie weiß nur nicht, wofür. Er war nicht immer so. Während der Studienzeit hatten sie durchaus Spaß. Richtig schlimm wurde es, wie sie zurück nach Oberöd gezogen sind. Bernhard ist hier geboren. Barbara stammt aus München. Vielleicht hätte sie ihn damals nicht drängen sollen, aber Barbara wollte unbedingt eine Praxis am Land eröffnen. Das kam ihr so romantisch vor. Mit einem schönen alten Häuschen, einem großen Garten und vielen Kindern, die sie alle bekochen würde.

Aus dem alten Häuschen ist nichts geworden. Bernhard wollte unbedingt ein Architektenhaus. Also haben sie sein Elternhaus abgerissen und einen modernen Betonbunker in den schönen Garten gestellt. Und für Kinder war es immer zu früh und irgendwann zu spät. Außerdem sollte man Sex haben, wenn man Kinder will. Das wäre durchaus von Vorteil und hilfreich. Sofern man die klassische Methode bevorzugt.

Sie weiß selber nicht, warum sie noch zusammen sind. Vielleicht wegen der Schulden und der Praxis. Vielleicht auch, weil sie die Hoffnung nicht aufgibt, oder weil sie bei der Hochzeit einen Schwur geleistet hat, oder weil sie schlichtweg zu feig ist für ein neues Leben, obwohl sie sich doch selbst für recht mutig hält. Sie weiß es nicht. Sie weiß nur, dass das pochierte Ei, das sie sich gerade mit Sauce hollandaise, frischen Tomaten und Kresse auf geröstetem Brot mit Schinken zubereitet hat, einfach nur göttlich schmeckt und sie es sich verdient hat. Dabei ist heute nicht einmal Sonntag. Im Gegenteil, sie hat heute Frühdienst und sollte um sieben in der Praxis sein.

Bernhard trägt bereits seine Radmontur, als er die Küche betritt. Schweigend. Er geht zum Wasserhahn, um sich seinen isotonischen Drink zuzubereiten. Das geröstete Brot knackt unfassbar laut beim Reinbeißen. Gerade eben hat es ihr noch geschmeckt. Bernhard mustert Barbara, dann deutet er auf ihr pochiertes Ei und sagt emotionslos: „155“, dann deutet er auf den Saft und sagt: „91“ und dann zeigt er noch auf den Becher mit Extrasauce (falls ihr die auf dem Brot nicht reichen sollte) und sagt stoisch: „170."

Er gibt Barbara einen flüchtigen Kuss auf die Stirn und kneift ihr dabei ganz dezent in den Hüftspeck. Und schon ist er weg und sie hört nur noch Klack-Klack-Klack. Exakt 27-mal. Dann fällt die Haustüre zu.

Inferno

Oben auf dem Flachdach hängt eine riesige Discokugel in einem verrosteten Gestell. Es schaut ein wenig aus wie ein überdimensionaler Globus, auf den wer mit der Hand viele kleine Spiegel geklebt hat. Und so ist es auch. Früher hat sich das Ding auch noch gedreht. Und drüber, halb rund und in riesigen angeschweißten Lettern stand mal *DISCO INFERNO*. Blau und rot blinkend. Die ganze Nacht. Der Name steht immer noch da, bis aufs *O*, das liegt jetzt flach am Flachdach, sodass man es nur sieht, wenn man oben draufsteht. Aber wer tut das schon? Und leuchten tut da schon lange nix mehr.

Vor der Disco befindet sich ein großer Schotterparkplatz. Wie Mike die riesige Halle vom Brenner Rudi gepachtet hat, hat er gedacht, dass der Parkplatz dazugehört. Das hat der Brenner aber nicht gedacht. Nachdem Mike dann das ganze Geld von seiner Bank ins *Inferno* investiert und den Laden eröffnet hat, hat der Brenner Rudi von Mikes Gästen Parkgebühr verlangt. Das war nicht nur den Gästen zu viel, sondern auch dem Mike. Darüber ist so ein Streit zwischen dem Brenner und dem Donath entstanden, dass Mike das *Inferno* irgendwann zugesperrt hat. Mal davon abgesehen, hat der Mike sowieso ein Händchen fürs Scheitern und wäre so oder so pleitegegangen. Dummerweise hat er einen Pachtvertrag über 30 Jahre unterschrieben.

Der schwarze Chevrolet Camaro mit der aufgeklebten Mamba auf der Haube steht völlig allein auf dem riesigen, mit rotweißen Plastikbändern abgesperrten Schotterplatz, als Liesl von der Hauptstraße abbiegt und sich mit ihrem Auto durch zwei enge Pfosten zwängt. Sie stellt ihre Postkutsche gleich neben dem Camaro ab, obwohl sie auch direkt vor die Disco fahren könnte. Aber so ist der Mensch. Irgendwer fängt mit einem System an und die anderen halten sich dran. Und wenn es auch nur eine Parkordnung ist, die keinen interessiert.

Hinterm Scheibenwischer vom Camaro picken ein Haufen Zettel. Der Brenner wird nicht müde, dem Mike jeden Tag einen lausigen Zettel mit einer Besitzstörungsklage unter die Wischer zu stecken. Dafür fährt er jeden Tag fünf Kilometer von seinem Hof da her und fünf Kilometer wieder zurück. Ja, auch so sind die Menschen. Wenn ihnen ihr Leben nicht schwer genug erscheint, dann müssen sie es sich und den anderen schwerer machen. Oder wenn sie keinen Spaß am Leben haben, dann dürfen die anderen auch keinen haben.

In den verstaubten Schaufenstern hängen noch die alten Poster. Mike war nicht nur sein eigener DJ, nein, es gab auch Laser-Shows mit *The Master of Inferno* oder eine Wahl zu *Mister & Miss Inferno* oder einen *Inferno-Contest* oder ein *Karaoke-Inferno*. Und auf jedem von den Plakaten ist Mike drauf, mal mit einem Laserschwert, dann wieder mit einem Mikro. Aber immer mit Föhnwelle. Damals war das cool. Da hat er seine Haare auch noch nicht gefärbt.

Liesl öffnet die schwere Eingangstüre. Sie weiß, dass er da ist. Nicht nur, weil sein schwarzer Camaro vor der Türe steht. Eher weil sie weiß, dass er sich hinten ein Zimmer eingerichtet hat, nachdem ihm das Finanzamt das von der Mama vererbte Haus unterm Arsch weggepfändet hat. Gott sei Dank wohnt die Gerda schon eine Zeit lang im Altersheim und hat keine Ahnung davon.

Jedes Mal, wenn Liesl die leere Disco betritt, hat sie das Gefühl, dass Mike vor 20 Jahren einfach die Türen zugesperrt und alles so gelassen hat, wie es war. Ein paar Flaschen stehen heute noch auf den Tischen. Man riecht regelrecht den Schweiß, den Zigarettenqualm und das abgestandene Bier von damals. Es würde sie nicht wundern, wenn sogar noch die Schallpatten auf den Plattenspielern liegen würden.

„Mike! Mike? Die Liesl von der Post ist da. Mike?“ Irgendwo hört sie Geräusche. Als würde einer auf irgendwas einschlagen und dabei vor Anstrengung aufstöhnen. Liesl lugt durch eine Doppeltüre in ein fensterloses Lager, voll mit alten Spielautomaten, Flippern, Einarmigen Banditen, Kondomautomaten und Tischkickern. Mike steht in engen Unterhosen und einem schwarzen *Inferno*-Shirt vor einem Boxautomaten und schlägt mit seinen nackten Fäusten auf eine Boxbirne ein. Seine dürren Haxen stecken in schwarzen Westernstiefeln. „Mike?"

Mike erschrickt. Er hat sie nicht kommen hören und fühlt sich ertappt. Es wirkt nicht so, als würde er trainieren, eher so, als müsste er sich abreagieren.

„Liesl." Er schnappt sich schnell seinen schwarzen Frotteemantel und zieht ihn verärgert über, als hätte sie gerade Muhamed Ali beim Training gestört. Steht da wirklich in Gold abgesetzt *„Master of Inferno"* auf der Brusttasche? Sie kann es fast nicht glauben. „Bin gerade beim Trainieren. Was soll ich extra in ein teures Fitnesscenter gehen, wenn ich eh alles da hab?"

Liesl winkt mit dem RSA-Brief und den Anwaltsschreiben. Mike ignoriert sie gekonnt und geht an ihr vorbei an die Bar. Liesl folgt ihm und legt die Post auf die Theke. Mit ein paar routinierten Handgriffen schaltet Mike das grelle Neonlicht ein. Jetzt sieht man seinen Weltuntergang in voller Pracht. Um die versiffte Tanzfläche mit der Diskokugel herum befinden sich halbrunde Sitznischen aus schwarzem und rotem Plastikleder, die meisten von Brandlöchern verziert. Damals durfte noch drinnen geraucht werden. Liesl kommt vor, dass es jetzt noch grauslicher stinkt als zuvor.

„Du musst mir den Empfang bestätigen."

„Magst ein Tonic?"

„Nein, danke."

Mike macht sich ein kleines Tonic auf, füllt das Glas randvoll mit Gin und gibt einen winzigen Schuss Tonic dazu, was Liesl interessiert zur Kenntnis nimmt. Er nimmt einen kräftigen Schluck und geht zurück ins Lager. Liesl schnappt sich die Post und folgt ihm erneut. Langsam nervt's.

„Und, wie läufts so bei dir?", fragt sie scheinheilig, dabei weiß sie genau, wie es läuft.

„Wenn die beim Finanzamt und bei der Sozialversicherung nicht so einen Saustall beinander hätten, wäre ich längst wieder am Start. Bitte, was kann ich dafür, wenn die meine Einzahlungsbelege verschlampen und jedes Mal mit einer neuen Forderung daherkommen? Ich kann dir nur raten, nicht auch ein Teil von diesem korrupten System zu werden."

„Ich boykottiere die Post von innen heraus", scherzt Liesl, was Mike allerdings nicht als Scherz begreift.

„Gut. Sehr gut! Wir Revolutscher müssen z'sammhalten."

Liesl wagt den ersten Ermittlungsschritt, sie ist ja nicht zufällig hier: „Sag, du hast doch einmal eine Videothek gehabt."

„Was hab ich nicht gehabt!? Ich könnte Multimillionär sein, wenn die Finanz es nicht ständig auf mich abgesehen hätte. Aber warum soll es mir anders gehen als dem Jack Jevara? Bin ja in bester Gesellschaft." Er blickt wehmütig zu einem Poster mit dem Konterfei seines Helden Che Guevara. „Wieso willst du das wissen?"

Sie holt aus ihrer Posttasche die Videohülle aus dem Haus der Schambergerin und schiebt sie ihm über die Theke. Sofort verfinstert sich seine Miene. „Da hinten ist noch das Pickerl drauf von deinem *Inferno*."

Er greift nach der Hülle und betrachtet sie. Hinten ist tatsächlich ein vergilbtes Pickerl zu sehen, auf dem *„Mikes Video-Inferno"* steht.

„Hm. Woher hast'n die?"

Liesl zuckt mit den Schultern. „Postgeheimnis."

„Die ist locker 30 Jahre alt. Eine Rarität. Ein Sammlerstück."

Sie bemerkt einen alten Werbeständer aus Karton mit einer lebensgroßen Figur von einem mindestens 30 Jahre jüngeren

Mike, der sein *Video-Inferno* lässig grinsend bewirbt. Neben dem Pappkarton sind zahlreiche alte Videokassetten aufgestapelt.

„Bist du das, Mike?"

„Ich kann mich ja so schwer trennen. Siehst eh. Die Mama sagt, ich bin ein Messie."

Er deutet auf das ganze alte Zeug, das da so rumsteht. Sie hält ihm die Kassette hin. „Es ist aber nicht das drauf, was vorne draufsteht."

„Ach so!?"

Mike nimmt die Kassette aus der Hülle und begutachtet sie. „Da hat wer die Sicherungen überklebt. Hat man früher so gemacht. Vor deiner Zeit. Und, was ist da drauf, dass du das so spannend findest? *Wenn der Postmann zweimal klingelt*?" Er muss selber über seinen schlechten Witz lachen.

Liesl blickt ihn stoisch an. „So ungefähr."

Mike bohrt nach: „Woher hast'n die überhaupt?"

Liesl grinst: „Was fängt mit P an und hört mit S auf?"

Wie aus der Pistole geschossen, antwortet Mike: „Penis."

„Hä?" Liesl hatte ganz was anderes im Sinn: „Postgeheimnis!" Da merkt man mal, wie fixiert der Mike ist, denkt sich Liesl.

Auf einmal kippt die Stimmung. Plötzlich wird er ernst: „Ich sollte dann was arbeiten. Und du vielleicht auch." Mike steht auf und geht demonstrativ zur Türe.

Liesl versteht die Aufforderung und schnappt sich die Kassette und seine Post. „Sag, woher kanntest du die Schamberger eigentlich?"

Er grinst sie breit an. Jetzt hat sie sich verraten. „Wenn du eh weißt, von wem die Kassetten ist, wieso fragst mich dann?"

„Nur so."

„Aber danke, dass du sie mir zurückgebracht hast. Eigentlich müsst ich von ihr eine Strafgebühr verlangen, immerhin hat sie die Leihfrist um 30 Jahre überschritten."

„Wird schwer gehen. Sie ist tot."

„Stimmt."

Mike will ihr die Kassette aus der Hand nehmen, aber Liesl lässt nicht los. Die beiden fixieren einander wie in einem Italo-Western. Wobei Mike eher Franco Nero ist und Liesl Terence Hill. Sie steckt die Kassette in ihre Tasche und geht Richtung Ausgang. Mike folgt ihr. Liesl dreht sich noch einmal zu ihm um.

„Wusste gar nicht, dass du die Schamberger so gut gekannt hast. Oder wieso warst du beim Begräbnis?"

Mike grinst sie frech an. „So leicht lass ich mich nicht von dir ins Bockshorn jagen, Liesl. Ich bin das Back-up für den Kirchenchor. Falls wer spontan ausfällt." Und schon singt er säuselnd, fast ein bisschen bedrohlich: „Ein bisschen Frieden, ein bisschen Träumen und dass die Menschen nicht so oft weinen ..."

„Reicht schon. Das reinste Gesangs-Inferno."

Mike findet das nicht lustig und schwenkt wieder zurück zu ihrer Frage: „Wie man sich halt so kennt am Land. Wir waren ja alle einmal jung."

Der Satz gibt Liesl zu denken. Er legt den Kopf schief und betrachtet sie einen Moment lang.

„Was ist mit dir, Lieselotte, sattelst jetzt um auf Liesl Marple?"

„Nein, auf CS-Öd." Sie blickt auf seine Post und hält ihm ihr digitales Postgerät hin. Liesl kann auch anders. „Wenn Sie mir da bitte unterschreiben, Herr Donath."

Er blickt sie angefressen an und unterschreibt widerwillig. Sie drückt ihm seine Post in die Hand und schon ist sie draußen.

Gottes Zorn

Liesl hat einmal einen Podcast gehört über Redewendungen. Sie schaut nicht nur gern Dokumentationen an, nein, sie hört auch gern Podcasts. Am liebsten während der Arbeit, wenn ihr mal nicht nach Unterhaltung ist. Und da hat es geheißen, dass ganz früher einmal Verbrecher ein Ziegenfell überziehen mussten und so vors Gericht gejagt wurden, um sie in dem peinlichen Aufzug zur Reue zu bewegen. *Ins Bockshorn gejagt.* Eine andere Erklärung geht auf einen Aberglauben aus dem 15. Jahrhundert zurück. Die Menschen hatten Angst vor Flüchen, in denen das Wort „Gott" vorkam. Deshalb erfanden sie andere Bezeichnungen wie „Box". Waren sie wütend auf jemanden, wünschten sie ihm statt *Gottes Zorn* eben *Box' Zorn* an den Hals. Und daraus wurde irgendwann *jemanden ins Bockshorn jagen*.

Die Sonne blendet sie. Sie kneift die Augen zusammen und atmet erst einmal tief durch. Der Parkplatz ist völlig leer, bis auf Mikes schwarze Mamba. Es dauert einen Moment, bis sie begreift. Dann blickt sie noch einmal dorthin, wo noch kurz zuvor ihr Auto gestanden ist und lässt den Eindruck sacken. Der Parkplatz ist leer, bis auf Mikes Camaro. Das gibt's ja nicht. Wer, verdammt, klaut ein altes Postauto? Sie will schon zurück in die Disco gehen und Mike fragen, ob der Brenner Rudi ihr Auto abgeschleppt hat, aber dann lässt sie es bleiben. Stattdessen holt sie ihr Handy raus und ruft ihre Freundin an.

Barbara sitzt gerade in ihrem Behandlungsraum, Andreas Krug gegenüber. Der wirkt völlig aufgelöst. Barbara schaut kurz aufs Display, während Andreas kraftlos zu ihr spricht: „Ich weiß einfach nicht mehr weiter."

Barbara drückt den Anruf weg und ist mit den Gedanken wieder bei Andreas: „Entschuldige. Ich kann dir erst einmal was verschreiben, damit du wieder schlafen kannst."

Wieder klingelt ihr Handy. Liesl lässt nicht locker. Andreas redet einfach weiter: „Kannst du mir nicht was G'scheites verschreiben? Dass ich mich nicht ganz so beschissen fühl, wie es in Wirklichkeit grad ist."

Barbara lächelt ihn mitfühlend, aber doch leicht genervt an und drückt Liesl abermals weg. Sie schaltet das Handy auf stumm. „In deiner jetzigen Situation, ja. Aber das ist natürlich auf Dauer keine Lösung. Ich verschreibe das nur sehr ungern."

Liesl versucht es erneut. Dass sie vielleicht stören könnte, kommt ihr gar nicht in den Sinn.

„Bisher war es doch auch nie ein Problem. Die Eva hat sich schon seit Jahren so ein Zeug einig'haut. Anders war sie ja nicht zu ertragen", antwortet Andreas zerknirscht.

„Also, von mir hat sie das nicht." Barbara drückt gereizt den Anruf weg.

„Eh nicht, aber vom Herrn Doktor", gibt Andreas zurück.

Barbara ist sichtlich überrascht und ganz und gar nicht erfreut darüber: „Aha." Gleich darauf ruft Liesl schon wieder an. Barbara drückt sie weg.

„Hast du das nicht gewusst?", wundert sich Andreas. Und wieder klingelt das Scheißtelefon.

Barbara hält es nicht mehr aus und schreit in den Hörer: „Liesl!!! Ich kann jetzt nicht! Kapierst du das nicht?" Andreas schaut sie perplex an.

Liesl schreit zurück. So laut, dass man es sogar aus dem Handy hört: „Mir haben s' mein Auto gestohlen!!! Was kann bitte wichtiger sein als das?"

„Meine Patienten vielleicht? Wie wäre es damit?", erwidert Barbara mindestens genauso laut.

Andreas zieht es vor, sich dem Streit zu entziehen, er ist derzeit nicht gemacht für Konflikte. Seine Nervenbahnen liegen auch so schon blank, also schleicht er sich unauffällig aus dem Behandlungsraum. Blöderweise lässt er die Türe auf, sodass das gesamte Wartezimmer und Barbaras Sprechstundehilfe Sylvia alles mithören können. Barbara scheint das in dem Moment völlig egal zu sein. Vielleicht liegt es auch daran, dass ihr Bernhard heute morgen nicht nur das pochierte Ei verdorben hat, sondern auch ganz grundsätzlich ihren Traum von einem Haus am Land, einem Garten, Kindern, Glück und Liebe. Und obendrein verschreibt er dann auch noch Patientinnen Psychopharmaka, die sich daraufhin in Damentoiletten erschießen. Da kann man schonmal auszucken: „Der Gruber Franz sitzt seit einer Stunde im Wartezimmer. Der wartet auf seine Scheißinfusion, die eh für die Fisch' ist. Aber zumindest glaubt er dran. Und grad eben war der Krug Andreas da und wollte ein paar Gute-Laune-Pillen, weil er sich sonst auch noch hamdraht wie seine depperte Frau. Soll ich weitermachen? Oder reicht das?"

Liesl steht auf dem Parkplatz und weiß, dass Barbara recht hat. Sie versucht aber doch noch, ihr Gesicht zu wahren: „So was kann man auch in Ruhe sagen."

„Entschuldige, aber wer hat ohne Unterlass angerufen? Du! Und wer glaubt, dass nix wichtiger ist als ihre Scheißkraxn, die nicht einmal ihr gehört?"

Liesl antwortet kleinlaut: „Ich."

„Lass mich raten. Zugesperrt war er auch nicht und die Schüssel hast auch stecken lassen?" Darauf kann Liesl nur schweigen. Barbara erachtet das als Zustimmung.

Barbaras Assistentin Sylvia führt den alten Herrn Gruber herein. „Eben! Also, was ist passiert? Du hast eine Minute."

„Er ist weg. Spurlos verschwunden. Mitsamt den ganzen Packerln. Wir haben die letzten fünfzehn Jahre jeden Tag miteinander verbracht. Da baut man schon eine Bindung auf."

„Vielleicht ist das ja kein Zufall", antwortet Barbara jetzt schon ein bisschen ruhiger.

„Du meinst, irgendwer wollte irgendwas verschwinden lassen?"

„Du bist die Amateur-Detektivin, nicht ich“, faucht Barbara.

Liesl hört sie noch sagen: „So, Herr Gruber, jetzt kriegen Sie erst einmal Ihre Infusion. Dann geht’s Ihnen gleich besser ...“, wie sie das rostig-rote Mountainbike an der Wand vom *Inferno* lehnen sieht. Das kommt ihr irgendwie bekannt vor. Das ist das Radl, das bei der Magdalena an der Bank gelehnt ist und dann plötzlich verschwunden war! Aber wie ist das da hergekommen? Dem Mike gehört es ganz sicher nicht.

Liesl nimmt mit dem klapprigen Radl die Abkürzung durch den Wald Richtung Oberöd. Das Tor beim Viehgitter ist zu und sie muss das Fahrrad durch das kleine Holztor daneben schieben. Um die Jahreszeit lässt der Brennerbauer seine Kühe oft noch im Wald, bevor er sie rauf auf die Alm bringt. Liesl schwingt sich wieder aufs Radl und fährt weiter den Weg ins Dorf. Wer, verdammt, klaut ein Postauto?, denkt sie sich wieder, und wenn Barbara richtig liegt mit ihrer Vermutung, WARUM klaut wer ein Postauto? Jetzt braucht Barbara ihr nicht mehr damit kommen, dass sie sich das alles nur einbildet.

Vielleicht hätte sie doch mehr auf den Weg achten sollen. Sie kommt über eine Kuppe, der Weg macht eine scharfe Links-Rechts-Kombination und plötzlich steht da eine Kuh. Mitten auf dem Weg. Hilfreich wäre es schon gewesen, wenn das hinige Radl Bremsen gehabt hätte oder sie zumindest vorher einmal ausprobiert hätte, ob es welche hat. Sie verlässt die vorgeschriebene Umlaufbahn, pflügt noch ein paar Meter durchs Unterholz und landet schließlich in einem der stacheligen Himbeersträucher, aus denen die Magdalena immer ihre Geister geschaffen hat. Mist, verdammter. Gott sei Dank trägt sie ihren gelben Hoodie, sonst wäre sie jetzt komplett zerkratzt. Aber vielleicht war das auch alles kein Zufall und die Magdalena hat vom Himmel heraus Liesls Weg gelenkt. Denn gerade wie sie aufsteht, sieht sie was Gelbes durchs Gebüsch schimmern. Sie macht sich den Weg frei und siehe da: Da steht ihr Auto. Mitten im Wald, umgeben von einer Herde Kühe. Der Unbekannte ist den Forstweg, den Liesl jetzt gleich gekreuzt hätte, raufgefahren und auf der kleinen Lichtung stehen geblieben. Die hinteren Türen sind aufgerissen, Packerl und Briefe liegen verstreut am Boden. Die Kühe haben ihre Freude damit und trampeln neugierig drauf herum.

Keine fünfzehn Minuten später sitzt Liesl wieder in ihrer Postkutsche und ist am Weg zurück zu ihrer Dienststelle. Das alte Radl hat sie einfach hinten auf die Ladefläche g'haut, nachdem sie die ganzen Packerln wieder eingesammelt und vom frischen Kuhmist befreit hat. Sie riecht an ihrem Hoodie und verzieht angewidert das Gesicht.

Sie hat so eine Wut im Bauch, dass sie die Sprungschanze bei der Stöttlbachbrücke mit einem 80er in der Zweiten nimmt und so hoch fliegt, dass ihr der Magen für einen kurzen Moment in den Schoß fällt. Zum Speiben schön, denkt sie sich. Aber da ist sie auch schon wieder mit ihren vier Rädern am Boden der Tatsachen gelandet. Wenn sie von Unteröd kommt, muss sie gleich nach der Landung scharf rechts einschlagen, sonst landet sie im Graben. Gut, dass die alte Kutsche beim Aufsetzen so scheppert, sonst hätte die Jägerwirtin, die gerade aus ihrer Einfahrt kommt, sie übersehen. Liesl hätte ja gehupt, aber die Hupe geht nicht. Sie muss ihren Didi bitten, dass er die mal repariert. Das kann er gleich mitmachen, wenn er die hintere Türe richtet. Obwohl die sich jetzt gar nicht mehr so schwer schließen lässt, nach dem Diebstahl und dem Einbruch.

Und schon ist sie da. Beim Nahversorger ihres Vertrauens. Sie bremst scharf, haut den Rückwärtsgang rein und setzt schnell und perfekt zurück.

Beim Eingang rennt Liesl direkt Magnus in die Arme. Dem fällt gleich einmal sein gesamter Einkauf auf den Boden. Na super. Alles Fertiggerichte und Gefrierkost.

„Entschuldigung“, stammelt sie.

„Ah, die Lieselotte von der Post“, stöhnt er genervt und gibt die tiefgefrorenen Erbsen wieder zurück ins Sackerl.

„Ah, der Magnus von der Polizei. Heute in Zivil?“, antwortet sie frech und hilft ihm, die eiskalten Wildlachsfilets zu verstauen, während er die Nase rümpft.

„Hüten Sie nebenbei Kühe?“

„So in etwa“, antwortet Liesl und zieht es vor, nicht näher drauf einzugehen. Im Gegenteil. Wenn man schon mal so nah beieinander kniet, kann man sich auch gleich erkundigen, wie es dem Kollegen bei seinen Ermittlungen geht: „Und, sind Sie schon weitergekommen?“

Einen Moment lang schaut er sie mit zusammengekniffenen Augen an, dann greift er nach dem bunten Gemüse-Trio. „Ich schon. Und Sie?“

In ihrem Kopf rattert es. Sie überlegt, ob sie ihm etwas von dem Autodiebstahl sagen soll, aber dann lässt sie es bleiben. Sie lotet lieber erst einmal aus, ob sie ihm trauen kann. „Bei uns am Land duzt man sich. Da siezt man sich nur, wenn man sich nicht mag. Den Landeshauptmann siezt man auch nur, wenn man ihn nicht gewählt hat. Und Gefrierkost isst man bei uns nur, wenn man keine Freunde hat.“

In dem Moment würde er ihr am liebsten an die Gurgel springen, aber dann kehrt er zu seiner Gelassenheit zurück: „Es ist schon fad hier, oder?“

„Heißt nicht umsonst Öd.“

„Aber nur, weil Ihnen fad ist, sind S’ noch lang keine Polizistin.“

„Eh. Und Sie sind noch lang keiner von uns, nur weil S’ hier sind.“ Sie lächelt ihn leicht arrogant an, steht auf und verschwindet im Nahversorger. Die anderen haben das Geschehen beobachtet, als gäbe es sonst nichts zu sehen (was ja auch den Tatsachen entspricht): Susi an der Kassa, Walter in der Bürotür und Roswitha am Postschalter. Kaum steht Liesl wieder im Laden, tun auch schon alle so, als hätten sie was zu tun. Liesl ist das egal, sie geht an den Schalter und öffnet eine der Schubladen: „Wo ist denn die Liste?"

Roswitha gefällt gar nicht, dass wer in ihr Refugium die Finger steckt. „Welche?"

„Du machst doch immer eine Packerlliste."

„Das hast eh alles auf deinem Didschitäl-Händheld. Und damit basta."

„Eh. Aber zum Vergleich hätte ich gern deine hundsordinäre analoge Packerlliste. Bitte!!"

Roswitha zieht schulterzuckend ihr gelbes Buch raus, in dem ein Zettel steckt. „Warst du in einem Kuhstall?", rümpft sie die Nase. Liesl schnappt sich entnervt den Zettel und stürmt hinaus, ohne zu antworten. Roswitha schaut ihr kopfschüttelnd hinterher.

Magnus hat seinen Einkauf gerade wieder verstaut, als Liesl zurückkommt und die hintere Doppeltüre von ihrem Postauto aufreißt. Sie klemmt tatsächlich nicht mehr. Liesl beginnt, akribisch genau die Liste abzuarbeiten. Ein Paket nach dem anderen legt sie draußen auf der Seite ab und hakt es auf der Liste und auf ihrem Handheld ab. Magnus will eigentlich losfahren, aber dann fragt er sich doch, was Liesl da tut. Roswitha baut sich mit verschränkten Armen hinter ihr auf: „Wie schauen denn die ganzen Packerln aus? Ist das Kuhscheiße?"

„Ist eine längere Geschichte."

„Ich hab Zeit."

„Ich aber nicht", antwortet Liesl genervt.

„Was wird das da?", bohrt Roswitha trotzig nach.

„Postgeheimnis."

„Ich bin die Post. Basta“, stellt Roswitha unmissverständlich fest.

„Ja, aber nicht die stille.“ So leicht lässt sich Liesl nicht einschüchtern.

„Was willst du damit sagen?“

Liesl schaut Roswitha vielsagend an. Roswitha gibt ein schnippisches „Tss“ von sich und verschwindet wieder im Nahversorger. Gerade wie Liesl weitermachen will, bemerkt sie, wie Magnus sie beobachtet. Der startet daraufhin sein Auto und fährt davon.

Gleich darauf erscheint Susi und nervt ebenfalls: „Was wird das?“

„Was interessiert euch das alle?“ Liesl könnte auszucken.

„Die Roswitha hat gesagt, ich soll dich fragen, weil du es ihr nicht sagst.“

„Und dir dummer Schnepfe sag ich es noch viel weniger“, fährt Liesl Susi übertrieben böse an. Und schon kämpft die mit den Tränen. Liesl tut es augenblicklich leid: „Es war nicht so gemeint, Susi.“

Susi nickt kurz und zieht ein bissel Rotz rauf. „Ich geh dann mal wieder rein“, sagt sie leise.

„Gute Idee“, antwortet Liesl und merkt erst gar nicht, dass Susi trotzdem stehen bleibt. „Ist irgendwas?“, fragt sie dann.

Susi setzt ein leicht gequältes Lächeln auf. „Naja …“

„Was?“, reagiert Liesl schon wieder leicht ungehalten.

„Naja …“

„Sagtest du schon …“

„Ich hab mir gedacht, jetzt wo wir gerade so zwanglos und gemütlich beisammenstehen, könnte ich dich auch gleich fragen, ob du …“

„Ob ich was?“

„Ob du nicht bei uns im Kirchenchor mitsingen möchtest. Man kann den Verlust von der Magdalena und der Eva ja auch als Chance sehen. Und wir haben uns deshalb gedacht, wir könnten uns ja dann auch gleich ein bissel querer aufstellen. LGBT und so …“

„Aha. Und dabei seids ihr dann gleich auf mich gekommen. Seit wann ist die Post eine Randgruppe?“

„So meine ich das nicht.“

„Wie denn? Ah, du meinst, ICH bin eine Minderheit. Warum, weil ich nicht verheiratet bin? Das bist du auch nicht, Susi.“

Augenblicklich fängt Susi wieder an zu heulen.

„Susi!! Susi, beruhig dich. Das war nicht so gemeint.“

Susi zieht ihr bissel Rotz rauf und fängt sich wieder: „Wir haben uns auch überlegt, dass wir die Musikauswahl freier gestalten könnten.“

„Ach so? Und wie? Heavy Metal, Gangster Rap!?

„Schlager.“

„Schlager? Und was war das dann vorher?“

„Der Findungsprozess ist noch nicht abgeschlossen. Und, denkst du drüber nach?“

„Wenn du mich in Ruhe weitermachen lässt, ja.“

Susi lächelt zustimmend, bewegt sich aber trotzdem nicht von der Stelle. Liesl findet sich damit ab und kontrolliert weiter die Pakete.

„Das war das letzte.“ Liesl hält inne. Ihr Blick wandert von Paket zu Liste zu Handheld und wieder zurück.

Susi kapiert nichts: „Fehlt was?“

„Nein. Eben nicht!!“ Alle Namen auf der Liste sind abgehakt. „Ich versteh das nicht“, sagt Liesl mehr zu sich selbst.

Jetzt taucht auch noch Walter hinter der großen Schaufensterscheibe auf. Den Blick kennt sie nur zu gut. Leicht gequält, als wäre sein Magen ständig übersäuert.

Susi schaut auf die Uhr: „Oh, schon zwölf. Mittagspause! Ich sperr dann mal zu.“

Es hat nix gefehlt …

„Gar nix. Nicht einmal die Geldsendungen."

„Echt? Komisch", wundert sich Barbara.

Liesl steigt aus dem Wasser und trocknet sich ab. „Dass man da gleich so stinken muss. Versteh ich nicht." Gott sei Dank hat sie in der Dienststelle immer noch eine zweite Garnitur hängen.

Liesl zieht sich wieder an und öffnet freudig ihre Lunchbox. Ein kleines Ritual, das sie und Barbara im Laufe der Jahre entwickelt haben. Da ihre Freundin liebend gern kocht, bereitet sie für Liesl und sich immer einen kleinen Lunch vor, den sie am liebsten draußen beim Badesee in der Sonne zu sich nehmen. „Wenigstens ein Mensch, der meine Kochkünste zu schätzen weiß", sagt Barbara gern, immer mit einem leicht bitteren Unterton, wenn sie sieht, wie es Liesl schmeckt. Heute gibt es Mangold-Feta-Blätterteigtaschen.

„Großartig", schmatzt Liesl.

„Lass es dir schmecken!"

„Die Susi hat mich gefragt, ob ich im Kirchenchor mitsingen will."

„Mich auch", antwortet Barbara.

„Echt jetzt? Fragt die jeden, oder was?"

„Danke!"

„So war das nicht gemeint. Die zwei Diven sind noch keine fünf Minuten unter der Erd' und schon suchen sie Ersatzspieler", Liesl korrigiert sich, „und Ersatzspielerinnen. Der Kirchenchor ist jetzt divers."

„Wir alle sind ersetzbar", antwortet Barbara mit leicht melancholischem Unterton und bringt sich damit selbst auf einen neuen Gedanken. „Vielleicht fehlt ja das, was fehlt, gar nicht."

„Versteh ich nicht."

„Naja, vielleicht ist ja das, was hätte fehlen sollen, noch nicht da. Wäre ja nicht das erste Mal bei der Post."

Liesl fühlt sich in ihrer Berufsehre auf den Schlips getreten: „Wie meinst das jetzt?"

„Naja", antwortet Barbara mit vollem Mund, „die Post bringt allen was. Fragt sich nur, wann."

„Das hab ich jetzt überhört." Sie hält Barbara demonstrativ ihren Handheld hin: „Okay, wir wissen vielleicht nicht immer, wann die Post kommt, aber wir wissen sehr genau, ob sie da war. Eine Woche vor ihrem Tod hat die Eva ein Packerl gekriegt. Ordnungsgemäß quittiert." Barbara bleibt der Blätterteig im Hals stecken. Liesl klopft ihr liebevoll auf den Rücken.

„Du meinst, die wurde auch erpresst? So wie die Magdalena?"

Liesl nickt vielsagend: „Denk an das kleine Buch mit den Hieroglyphen. Die steckt mit drin."

„Seit wann weißt du, was Hieroglyphen sind?", fragt Barbara überrascht.

„Du tust grad so, als wäre ich völlig ungebildet. Ich hab mal eine Doku gesehen über alte Schriftzeichen."

„Vielleicht war sie deshalb auf Psychopharmaka."

„Wegen der Hieroglyphen?" Jetzt steht Liesl auf dem Schlauch.

„Nein, weil sie erpresst wurde."

„Die hat Drogen genommen?"

„Tabletten! Nicht unüblich bei gottesfürchtigen Katholiken. Ich hab's auch erst heute erfahren."

Liesl schaut auf ihre Uhr. „Danke fürs Essen. Ich sollte noch was arbeiten und heute Abend kommt meine *Sex Machine* heim. Da muss ich mich noch ein bissel refreshen."

Gleich drauf singt und tanzt sie, als wäre sie James Brown höchstpersönlich, haut ihre stinkerten Klamotten und das nasse Handtuch hinten in den Laderaum ihrer Postkutsche und ist die Wolke, während ihre Freundin Barbara sehnsüchtig aufs Meer schaut, das gerade mal ein Badesee ist. Na bumm. Barbara beißt frustvoll in ihren Sexersatz aus Blätterteig und seufzt sich das Leben schön.

Männer

Liesl sitzt geschminkt und gestylt in einem feschen Kleid auf den Stufen zu ihrem Häuschen und wartet auf ihren Trucker. Wenn sie in guter Stimmung ist, dann trinkt sie gern mal ein Glaserl Weißwein. Heute Abend ist sie in guter Stimmung, auch wenn man ihr das Auto gestohlen und doch nix gestohlen hat. Irgendwem ist sie auf die Füße getreten. Das ist einmal sicher. Wer hätte das gedacht? Während der fesche Herr Postenkommandant im Dunkeln fischt, ist Liesl knapp davor, ihren ersten Fall zu lösen. Sie weiß zwar noch nicht, wie, aber das wird sich schon finden.

In der Ferne hört sie schon Didi und seinen Scania, wie er ihn sanft runterbremst und mit dem 40-Tonner dann in die schmale Einfahrt einbiegt. Ein V8 mit 770 PS. Das Ungetüm schiebt sich wie ein riesiger Blauwal in den kleinen Heimathafen und verstellt ihr die Sicht auf den Rest der Welt, aber das ist egal, weil sie sich sowieso nicht für die Welt interessiert. Sie hat nur Augen für ihren Fernfahrer. Ein Mann wie ein Baum, nur mit Bart und einem Bauch. Aber genau den liebt sie so an ihm. Weil er dadurch nicht perfekt ist und sie es auch nicht sein muss.

Und schon ächzt und stöhnt die Hydraulik und sie weiß, dass es jetzt nicht mehr lange dauert, bis er den Motor abstellt, die Fahrerkabine runterklettert, sie einander in die Arme fallen und nicht viel reden, bis nach dem ersten Sex. Weil sie sich wortlos verstehen. Und das ist einfach nur großartig.

Und Barbara? Die sitzt ebenfalls daheim und wartet auf ihren Mann. Allerdings auf einer unbequemen Designerbank vor einem Architektenhaus. Auch sie hat ein Glas Wein in der Hand. Aber nicht vom Nah & Frisch, sondern vom nachhaltigen Winzer. Fesch macht sie sich schon lange nicht mehr für ihn. Wozu auch? Er sieht sie sowieso nicht. Sie hat schon alles versucht. Ob sie ihre Freundin Liesl manchmal beneidet? Ja. Tut sie. Aber dann denkt sie sich, dass Neid nur dann Sinn macht, wenn er sie antreibt, was zu ändern.

Da kommt er auch schon lautlos um die Ecke gebogen, ihr Spartaner, in seinem hautengen, atmungsaktiven Clownskostüm mit den vielen Sponsoren drauf, die ihm alle kein Geld dafür zahlen, im Gegenteil. Und dann noch dieser alberne Helm, der wie ein Saurier-Ei aussieht. Bernhard spürt gleich, dass was nicht stimmt. Noch weniger als sonst.

„Grüß Sie, Herr Doktor."

„Ist irgendwas?"

„Wieso verschreibst du der Krug Eva seit Monaten Psychopharmaka und sagst mir nichts davon?"

„Sie ist meine Patientin."

„Das ist unsere Praxis. Reicht schon, dass die Leute nach zehn Jahren immer noch glauben, dass ich nur die Gattin vom Herrn Doktor bin. Ich bin heute so blöd dagestanden vor ihrem Mann. Also, vor ihrem Witwer."

„Ich habe nicht geglaubt, dass das so wichtig ist."

„Die hat sich umgebracht."

Bernhard zuckt ignorant mit den Schultern: „Ich geh duschen."

Barbara lässt nicht locker. „Ich meine, warum löscht sie sich selber das Licht aus, wenn in ihrem Hirn eh ständig die Sonne scheint?"

„Was willst du damit sagen?"

„Vielleicht hätte die Frau ja professionelle Hilfe gebraucht und nicht nur ein paar Tabletten?"

„Bin ich jetzt schuld, oder was?"

Angefressen geht Bernhard ins Haus. Klack-Klack-Klack. 27-mal. Badezimmer. Dusche. Körperpflege. Smoothie. Ein richtig schöner Sommerabend, denkt sie und schenkt sich das Weinglas nachhaltig bis oben voll.

Liesl und Didi liegen lustvoll erschöpft im Bett. Sie schaut rüber zu ihrem Helden und lächelt: „Ich hätte jetzt auch sterben können."

„Hm …?" Didi versteht nicht, was sie meint.

„Die Schamberger Magdalena ist an einem Orgasmus gestorben."

„Wirklich wahr?"

„Ja."

„Dann hast ja noch mal Glück gehabt. Du hast es überlebt."

„Stimmt. Oder sie hatte den besseren Liebhaber."

Er zwickt sie für ihre freche Bemerkung. Liesl muss lachen. „Stell dir vor, die wurde erpresst."

„Echt?"

„Ja, mit einem alten Porno. Und die Krug Eva hat sich umgebracht. Wahrscheinlich aus dem gleichen Grund."

„Oder sie hatte einen grottenschlechten Liebhaber und hat aus Frust darüber einen anderen Weg gesucht zu sterben."

Liesl greift nach der kleinen Flasche Bier am Nachtkastl, nimmt einen Schluck und reicht sie Didi. Der kommt ins Sinnieren: „Warum fährst du nicht einfach mal mit auf Tour?"

„Du weißt, wie das ist. Ich leiste mir einen Fernfahrer, damit ich nicht selber in die Ferne fahren muss."

„Ich verstehe dich nicht."

„Mir reichen deine Geschichten aus der Fremde."

„Du meinst von der A8, der A4 und den Staus und den Rastplätzen?"

„Ja. Umso schöner finde ich es daheim. Und weil ich dich auch nicht immer haben kann, freue ich mich umso mehr, wenn du wieder fährst."

„Ähm ..."

„Weil du dann auch wieder heimkommst."

„Ich werde dich nie ganz verstehen", seufzt Didi. Manchmal hat er das Gefühl, dass das alles nur scheinheilige Ausreden sind und dass in Wahrheit ein ganz anderer Grund dahintersteckt. Und Liesl denkt sich in dem Moment, dass er sich genau das denkt. Irgendwann wird sie ihm die Wahrheit sagen müssen. Vielleicht wird sie es auch wollen. Aber noch will sie nicht. Ihr Handy reißt sie aus ihren Gedanken. Sie schaut aufs Display. Es ist Barbara.

„Willst du nicht rangehen?“, fragt Didi.

„Nein.“ Ein bissel ein Trotz ist doch noch da, nach dem letzten Telefoneklat mit ihrer Freundin. Sie drückt den Anruf weg und legt das Handy wieder aufs Nachtkastl. In Gedanken ist sie schon wieder bei ihrem Fall: „Ich würde nur zu gern wissen, wer die zwei erpresst hat.“

„Naja, der, der die Videos gemacht hat. Ist doch wohl klar, oder?“, grummelt Didi müde ins Kissen.

„Ich bin so deppert!“, ärgert sich Liesl plötzlich und ist im nächsten Moment wieder hellwach. Gleich drauf hört sie Didi schnarchen. Aber das ist ihr eh recht, weil sie noch was zu erledigen hat.

YMCA

Ein paar Minuten später schlüpft sie in ihren schwarzen Jogger. Das Gelb von der Post ist doch eine Spur zu auffällig, außerdem ist sie nicht im Dienst. Jedenfalls nicht im Dienst der Post, eher im Dienst der Gerechtigkeit. Wie sie zur Türe rauskommt, fällt ihr erst auf, dass Didi sie mit seinem Blauwal komplett zugeparkt hat. Keine Chance, da rauszukommen. Da fällt ihr ein, dass sie noch das rostige Radl hinten im Postauto hat. Gedacht, getan. Und schon sitzt sie drauf und fährt durch die Nacht über die Stöttlbachbrücke. Springen geht sich diesmal nicht aus.

Öd schläft bereits. Dabei ist noch nicht einmal Mitternacht. Sogar die Jägerwirtin ist schon daheim und lässt die Rollläden runter: Rrrratsch! Dafür ist der Himmel sternenklar und die Luft ist so rein, dass sie gar nicht weiß, worüber sich gerade alle so aufregen. Hier in Öd ist das Leben gut, wenn nicht gerade wer erpresst wird oder sich in der Damentoilette die Kugel gibt.

Sie nimmt die Dorfstraße Richtung Oberöd. Dummerweise geht die bergauf, Liesl muss ziemlich heftig in die Pedale treten. Nix mit E-Bike. Von da an wird's einfacher, weil es von Oberöd Richtung Unteröd wieder leicht bergab geht. Sie genießt es. So ganz allein auf der großen Straße. Kein Auto weit und breit. Genauso war es auch während der Pandemie. Da haben der Didi und sie auf der Hauptstraße spazieren gehen können. Diese Stille. Diese Ruhe. Als hätte die Welt eine Pause eingelegt. Vor lauter Sinnieren hätte sie beinahe vergessen, dass das Radl keine g'scheiten Bremsen hat und sie beim *Inferno* abbiegen muss. Sie kann gerade noch mit den Füßen bremsen.

Mikes Camaro ist verschwunden. Nur die ganzen Klagedrohungen vom Brenner Rudi liegen am Schotter herum. Sie weiß nicht genau, ob das jetzt ein gutes oder ein schlechtes Zeichen ist. Sie hat ja nicht wirklich einen Plan. Nur einen Verdacht.

Andererseits, warum hat sie sich den schwarzen Jogger angezogen? Doch wohl, um möglichst unauffällig den Mike zu überführen.

Sie stellt das Radl genau da ab, wo sie es gestern gefunden hat. Der Vordereingang ist sicher zu, da versucht sie es erst gar nicht. Also schleicht sie ums Gebäude herum zum Lieferanteneingang. Der ist auch zu. Shit. Das hat sie sich leichter vorgestellt. Im Film ist immer irgendeine Tür offen. Aber im Film verstecken die Leute auch immer die Schlüssel unter Blumentöpfen. So was gibt's beim Mike zwar nicht, aber dafür eine goldene Löwenbüste aus Plastik. Nicht einmal Beton. Und tatsächlich: Drunter liegt ein Schlüssel. Und schon ist sie drin, im *Inferno.*

Liesl schleicht einen dunklen Gang entlang. Sie traut sich nicht, ein Licht einzuschalten. Obwohl das gesamte Gebäude kein einziges Fenster hat. Ihr fällt ein, dass sie die Taschenlampe von ihrem Handy nehmen könnte, aber sie findet es nicht. Verdammt. Sie hat es wohl am Nachtkastl liegen lassen. Sehr unprofessionell. Daran muss sie noch arbeiten. Zumindest die grüne Notbeleuchtung spendet ein kleines bisschen Licht. Alles ist vollgeräumt mit Zeug und sie haut sich immer wieder die Knie an. Da links muss es ins Lager mit den vielen Spielautomaten gehen. Sie öffnet die Stahltüre – und erschrickt: Vor ihr steht Mike. Aber der rührt sich nicht. Es ist der Pappkamerad, den sie gestern schon gesehen hat. Jetzt reicht es ihr. Wenn sie sich nicht komplett blaue Knie holen will, schaltet sie besser das Licht ein. Gesagt, getan. Der hintere Bereich des Raumes ist vollgeräumt mit alten Regalen aus Mikes Videothek. Überall liegen haufenweise Videokassetten und alte Filmposter herum. *Der Pate*, *Kevin – Allein zu Haus*, *Staatsanwälte küsst man nicht*, *Ghostbusters*, *Zurück in die Zukunft*, *Ferris macht blau*, *Crocodile Dundee*, *Forrest Gump*, *Out of Rosenheim*, *Eis am Stiel.*

Mike kann wirklich nichts wegschmeißen. Auf einem Stativ ist eine alte VHS-Kamera montiert, auf dem Boden steht ein offener Karton mit ein paar billigen Scheinwerfern und alten Videokassetten. Liesl kommt ein Gedanke und sie steckt das Kabel der Kamera in die Steckdose und schaltet sie ein. In dem Moment hört sie etwas. Es betritt jemand durch den Haupteingang die Disco. Sofort schaltet sie das Licht aus und versteckt sich. Doch gut, dass sie nicht den gelben Hoodie angezogen hat. Dann hört sie Stimmen. Sie schleicht zur Türe, die zur Disco führt und versucht, durch den Türspalt etwas zu erspähen. Es ist Mike.

Er hat das Neonlicht eingeschaltet und bereitet sich seinen *Inferno*-Gin zu. Er scheint nicht allein zu sein. Liesl kann nicht sehen, wer es ist, aber Mike spricht mit jemandem: „Willst auch einen?"

„Mir ist nicht danach. Dass du dich nicht schämst."

Die Stimme kommt ihr bekannt vor. Um zu sehen, wer es ist, müsste sie die Türe weiter öffnen. Aber das traut sie sich nicht.

Mike gibt sich unbeeindruckt: „Würde ich ja gerne, aber das kann ich mir nicht leisten."

„Also, wie viel willst du?"

Mike ist der Erpresser! Jetzt ist alles klar.

„Was ist es dir wert?", fragt Mike und nimmt einen kräftigen Schluck von seinem Gin.

Liesl hält es nicht länger aus. Sie muss wissen, wer der andere ist. Sie zieht vorsichtig an der Tür. Jetzt sieht sie ihn. Mitten auf der Tanzfläche. Mit einem angewiderten Gesichtsausdruck. Andreas Krug.

„Ich will nur, dass Evas Tod nicht umsonst war. Ich will, dass sie uns allen in guter Erinnerung bleibt als die, die sie war, und nicht als …"

„Domina?", fällt ihm Mike ins Wort.

„Das war eine Jugendsünde. A b'soffene G'schicht. Mehr nicht. Das weißt du genau."

„Klar weiß ich das. Ich war ja dabei. Ich hab ja mitgesündigt. Keine hat sich je wieder so um meinen Adam gekümmert wie deine Eva."

Das hätte Mike nicht sagen soll. Andreas rennt wutschnaubend rüber zur Bar, langt über die Theke und schnappt sich Mike beim Kragen, noch bevor der überhaupt begreift, was Sache ist.

„Ich bring dich um, Mike", brüllt er.

Mike ringt nach Luft. Damit hat er nicht gerechnet. Außerdem ist er ein Feigling. Das war schon früher so. Wenn die Bauernschädl angefangen haben, sich zu raufen, war er der Erste, der weg war. „Lass gut sein, Andi, lass gut sein. Es war nur ein Scherz. Hilf du mir bei der Sozialversicherung und ich helf dir bei der Heiligsprechung deiner Frau."

Andreas schaut Mike eine Weile in die Augen, dann stößt er ihn unvermittelt weg und geht.

Liesl ahnt, dass es jetzt besser ist, sich möglichst schnell aus dem Staub zu machen. Gerade wie sie sich durch den Hintereingang nach draußen schlängeln will, fällt ihr noch etwas ein. Schnell läuft sie zurück zur Videokamera und drückt auf die Eject-Taste. Prompt wirft die Kamera eine Kassette aus. Aus der Disco dringt plötzlich Musik. In voller Lautstärke: „YMCA". Village People.

Liesl kann der Neugier nicht widerstehen, auch auf die Gefahr hin, doch noch erwischt zu werden. Vorsichtig schleicht sie zur Türe und lugt durch den Spalt. Mike steht mitten auf der Tanzfläche. In der einen Hand hält er seinen *Inferno*-Gin, in der anderen ein Mikro. *Young man, there's no need to feel down.* Er singt aus voller Kehle und tanzt, als wäre er einer von den Village People, wobei Liesl nicht klar ist, ob er lieber Indianer, Bauarbeiter, Motorradbulle oder Cowboy sein will.

Puuumuckl!

Wie Liesl um die Ecke vom *Inferno* gelaufen kommt, sieht sie gerade noch Andreas auf dem alten Mountainbike die Hauptstraße runterfahren. Viel Glück ohne Bremsen.

Da wird sie wohl zu Fuß den Heimweg antreten müssen. Ärgerlich. Den Abkürzer durch den Wald will sie mitten in der Nacht nicht nehmen. Also latscht sie genau den Weg, den sie gekommen ist, wieder zurück. Diesmal geht es leicht bergauf bis zur Abzweigung nach Oberöd. Wie sie dann an der Kreuzung steht, hat sie eine Idee. In der Nähe vom Badesee wohnt ihre Freundin Barbara. Gut, es ist halb drei vorbei und sie schläft garantiert schon. Trotzdem, Barbara wird begeistert sein, zu erfahren, dass Mike Donath der Erpresser ist. Darauf können sie gemeinsam anstoßen. Und wer weiß, vielleicht bringt sie sie ja dann auch gleich zur Polizeidienststelle, wo sie den Herrn Postenkommandanten Tröger darüber aufklären können, dass sie, die Lieselotte von der Post, den Fall bereits geklärt hat, während er, der Herr Postenkommandant Tröger, immer noch damit beschäftigt ist, seine Tiefkühlkost aufzutauen. Das wird ein Triumph.

Die Villa von den Gapps schaut aus wie ein Felsbrocken, der sich vom Okroatzer Kogel gelöst hat und bis zum Badesee gerollt ist. Eckig, viel Sichtbeton. Alles irgendwie kühl, rau und streng. Gemütlich geht anders. Der Architekt meint, das Haus passe perfekt in die Landschaft. Gut, der muss hier auch nicht wohnen. Wie der Mond so hinter dem Dach hervorscheint und den See beleuchtet, könnte man tatsächlich Lust kriegen, direkt vom Felsen ins Wasser zu springen. Auch cool, irgendwie. Lässig, wenn man's mag.

Jetzt ist die Frage, wie sie ihre Freundin aufwecken soll. Das hat sie sich nämlich nicht so genau überlegt. Im Detail. Einfach klingeln? Geht nicht. Dann wacht der Bernhard auf. Und den kann sie nicht leiden. Steine ans Fenster werfen? Nein. Warum also nicht das bewährte Prinzip anwenden? Schlüssel unter dem Blumentopf suchen. Im Gegensatz zum Mike verfügt ihre Freundin ja über Blumentöpfe. Sogar eine ganze Menge. Und es dauert dann auch eine ganze Weile, bis sie alle durch hat. Dann ist sie drin. Im Haus. Aber wie geht es jetzt weiter? Die Treppe raufgehen und plötzlich im Schlafzimmer stehen? Eine fürchterliche Vorstellung. Haben die beiden überhaupt noch ein gemeinsames Schlafzimmer? Sie hat ihre Freundin nie gefragt. Sollte sie bei der nächsten Gelegenheit tun. Ist aber nicht notwendig. Die Antwort liegt nämlich direkt vor ihr. Im Wohnzimmer. Am Sofa.

„Barbara!?“

Barbara öffnet die Augen: „Liesl? Was tust du in meinem Wohnzimmer?“

„Ich habe Neuigkeiten“, antwortet Liesl hocherfreut.

„Was ist denn los?“ Barbara richtet sich verschlafen auf.

„Stellt sich eher die Frage, was bei euch los ist.“ Liesl deutet aufs Sofa.

„Ich bin nicht gemacht für die Ehe. Dummerweise bin ich verheiratet. Magst ein Glas Wein?“

Liesl grinst erfreut: „Gute Idee. Verdammt gute Idee.“

Barbara schlurft in die Küche. Ein paar Minuten später hocken die beiden Freundinnen draußen vorm Haus auf Bernhards Designerbank und trinken den nachhaltigen Wein vom noblen Winzer. Liesl hat ihrer Freundin bereits berichtet, was passiert ist.

„Der Mike ist also der böse Bube“, resümiert Barbara.

„Yes!“ Liesl holt aus ihrer Tasche die Videokassette, die sie hat mitgehen lassen. Erst jetzt sieht sie, was auf der Kassette steht. *„Meister Eder und sein Pumuckl. Spuk in der Werkstatt.* Hm. Bin mir sicher, dass da nicht der Pumuckl drauf ist. Ich sage dir, wie das gelaufen ist: Der schöne Mike steckt in massiven Geldnöten, erinnert sich an seine Zeit als Porno-Inferno-Regisseur, gräbt die alten Videos aus und verschickt sie an die inzwischen biederen Hauptdarsteller ...

„... und Hauptdarstellerinnen“, ergänzt Barbara und erhebt ihr Glas.

„... und bittet sie um eine kleine Geldspende. Die Domina im Video ist übrigens nicht die Magdalena, sondern die Eva.“

„Woher weißt du das jetzt wieder?“

„Hat der Krug Andi gesagt.“

„Wow. Gratuliere! Fall gelöst! Jetzt haben wir ihn, den Erpresser.“ Barbara erhebt erneut das Glas, aber Liesl bremst sie ein.

„Noch nicht. Wir müssen es ihm auch beweisen, und wir müssen ihn überführen.“

„Wo ist der Unterschied?“

„Weiß ich nicht, aber ich weiß, dass wir ihm eine Falle stellen müssen.“

„Eine Falle?“

„Ja. Wir müssen den Mike auf frischer Tat ertappen. Bei der Geldübergabe.“

„Und wie willst du das anstellen?“

„Lass das meine Sorge sein.“ Liesl grinst frech und trinkt vom guten Wein. „Der schmeckt schon anders.“

„Eh, aber was hilft dir das, wenn der Rest zum Speiben ist?“, antwortet Barbara resigniert und deutet dabei auf ihr nobles Architektenhaus.

Liesl blickt auf die Uhr: „Oh Gott, schon so spät. Ich muss echt ins Bett.“ Sie wedelt mit der *Pumuckl*-Kassette. „Da, vielleicht schaust mal rein. Du hast ja noch einen Rekorder.“

Barbara schnappt sich die Kassette und äfft die Stimme nach: „Puuumuckl!!!“

Liesl kichert.

„Bist du zu Fuß da?“, fragt Barbara.

Liesl zuckt hilflos mit den Schultern.

„Du kannst das Radl vom Bernhard nehmen“, schlägt Barbara vor, nicht ganz ohne Eigennutz und Schadenfreude. Liesl blickt auf Bernhards Rennrad.

„Bist dir sicher? Das kostet doch ein Vermögen.“

„Eben, deshalb ja“, antwortet ihre Freundin mit einem fetten Grinser im Gesicht.

Schwerelos! Anders kann sie es nicht beschreiben. Frei von jeglichem Widerstand schwebt sie gefühlt einen Meter über der Straße. Stöttlbachbrücken-Sprung ohne Landung quasi. Immer in der Luft. Sie kann nicht anders, sie versteht in diesem Moment den ungeliebten Herrn Doktor und seinen Rennradfanatismus. Auch wenn sie es nicht will. Ihr gehen diese ganzen Selbstmordkandidaten, die sich jedes Wochenende scharenweise über die Bundestraße plagen und den ganzen Verkehr einbremsen, unglaublich auf die Nerven. Sie versteht auch nicht, was daran so toll sein soll, sich Hunderte von Kilometern zu quälen und dabei auch noch bei jedem Überholmanöver sein Leben zu riskieren. Und Licht haben sie auch keins, so ein Lamperl könnte ja die Aerodynamik und das Gesamtgewicht z'sammhauen. Aber sie muss zugeben, das hier ist geil. So richtig geil. Weil sich alles so leicht anfühlt, nicht wie die schwere Kraxn mit den fetten Rädern. Weil du das Gefühl hast, dass sich dir nichts widersetzt. Nur du selber. Du bist dein Hindernis, du bist der Schweinehund, den es zu überwinden gilt, und der Berg vielleicht und die Gegner. Na gut, wenn sie genau drüber nachdenkt, ist es vielleicht doch nicht so schwerelos. Aber dieses Gefühl, allein in der Nacht auf einem Radl, das so viel wiegt wie ein Luftpostpaket, das ist einfach unbeschreiblich schön. Liesl fliegt förmlich nach Hause in die Arme ihres schnarchenden Fernfahrers. Dort träumt sie beseelt von einem

Cowboy-und-Indianer-Musical, in dem Franco Nero zwei singende Dominas erpresst, bis sie von einem Supergirl in einem gelben Latexdirndl durch einen waghalsigen Sprung über eine tiefe Schlucht gerettet werden. Bämm!!!

No excuses

Barbara schiebt die Kassette in den Rekorder und schaltet den Fernseher ein, nachdem sie es sich am Sofa bequem gemacht hat. Die Titelsequenz von Meister Eder und seinem Pumuckl ist zu sehen. Barbara ist inzwischen schon geübt darin. Sie kennt das von der wilden Serengeti. Und tatsächlich dauert es nicht lange, bis der Schirm schwarz wird und das Bild wechselt. „I am what I am", Gloria Gaynor. Die Bildqualität ist wieder einmal eine Katastrophe. Ein junger Mann in einem Glitzerkostüm steht auf einer bunt ausgeleuchteten Tanzfläche. *I am what I am. I am my own special creation*. Seine Bewegungen sind zunächst langsam und zurückhaltend, bis das Schlagzeug einsetzt und er zu tanzen beginnt. Er blickt dabei direkt in die Kamera, als wolle er sein Publikum zu sich auf die Bühne ziehen und es verführen. *Your life is a sham til you can shout out, I am what I am*. Der junge Mann tanzt immer exzessiver. Nun reißt er sich seine glitzernde Jacke vom Leib und wippt unmissverständlich mit dem Becken. Wieder versucht er, die Kamera zu verführen. Tatsächlich betritt nun ein weiterer Mann, der bis jetzt hinter der Kamera gestanden ist, die Bühne. Die beiden tanzen ausgelassen, beginnen sich zu küssen und gegenseitig auszuziehen …

Barbara hat gar nicht bemerkt, dass Bernhard die Treppe runtergekommen ist. Stumm und starr steht er mitten im Raum und betrachtet das Video. Die laute Musik dürfte ihn geweckt haben. Vielleicht ist er auch aufgewacht, weil Barbara sie immer lauter gedreht hat. Jetzt steht sie vom Sofa auf, greift nach ihrem Wein und reicht ihrem Mann die Fernbedienung: „Ich wusste gar nicht, dass du so gut tanzen kannst, Bernhard."

„Ich bin was ich bin.
Und was ich bin, braucht keine Ausreden."

Basta

Liesl hätte das teure Fahrrad nicht direkt hinter Didis Blauwal abstellen sollen. Aber es war Nacht, es war spät, sie war müde und Platz gab es auch keinen. Sie liegt noch im Bett, als sie in aller Herrgottsfrüh den Motor starten hört und das vertraute „Pfff" der Hydraulik. Sie ist in der Sekunde hellwach. Eine Katastrophe, die nicht mehr aufzuhalten ist. Noch bevor Didi den Rückwärtsgang einlegt und der schwere Lkw mit seinen Zwillingsreifen rückwärts über das sündhaft teure Rad von Dr. Bernhard Gapp fährt, hört sie bereits das zermürbende Knirschen von Edelmetall und Carbon.

Wenn sie vor der lang gezogenen Kurve die gelbe Rakete auf einen 80er beschleunigt und gleich beim Vorrangschild runterschaltet und den Motor in den roten Bereich dreht, dann müsste sie es eigentlich schaffen, bis über die imaginäre Linie vom Ortseingangsschild zu springen. Das wäre natürlich ein Hit. Ohne den Boden zu berühren. Danach muss sie allerdings sofort in die Eisen steigen, weil dann die 30er-Zone beginnt. Aber einen Versuch wäre es wert.

Liesl zieht die Tachonadel rauf auf 50, 60, 70 km/h. Sie ist kurz vorm 80er und am Ende der lang gezogenen Kurven, als sie ihn bemerkt. Der Polizeiwagen rollt, lauernd wie ein Krokodil, über die Brücke. Mit gefühlten 10 km/h. Verdammt. Sie geht sofort runter vom Gas. Als Magnus mit ihr auf gleicher Höhe ist, bleibt er stehen und lässt das Fenster runter. Sie kann ihre Fuhre gerade noch einbremsen.

„Herr Inspektor. Schon so früh am Weg?"

„Ja, es gab Beschwerden."

„Beschwerden? Tatsächlich?"

„Ja, von den Anwohnern. Stellen Sie sich vor, irgendwer nutzt die Brücke da hinten als Sprungschanze."

„Ist nicht wahr!"

„Oh ja. Ich kann es mir auch kaum vorstellen. Ein gelbes Auto, hat es geheißen. Also, falls Sie eines sehen, geben Sie mir bitte Bescheid."

„Ich werd die Augen offen halten, Herr Inspektor."

„Einen schönen Tag noch, Lieselotte."

„Ihnen auch, Herr Inspektor."

Und schon hat er die Fensterscheibe wieder hochgefahren und rollt langsam weiter. Der Mann gefällt mir, denkt sich Liesl, verwirft aber gleich wieder den Gedanken, weil er ihr nicht gefallen darf. Immerhin ist er ihr Gegner. Wenn auch inoffiziell.

Sie fährt im Schritttempo beim Nah & Frisch vor und parkt rückwärts ein. Sie wundert sich, dass Susi und Roswitha vorm Laden stehen: „Grüß euch. Was ist denn los? Wieso seids ihr denn noch nicht bei der Arbeit?"

„Der Walter ist nicht da. Und nur er und der Tobi haben einen Schlüssel", antwortet Roswitha und zündet sich eine Zigarette an.

„Seit wann rauchst du?", will Liesl wissen.

„Nur in Stresssituationen", antwortet Roswitha trocken.

„Und das ist eine Stresssituation?"

„Ist dir lieber, ich heul immer gleich, wie die Susi?"

Tatsächlich. Susi hat schon wieder ein Kleenex im Gesicht.

„Und was jetzt?", fragt Liesl, jetzt schon leicht ungehalten.

„Ans Telefon gehen tut er auch nicht. Und der Tobi, weißt eh ...", antwortet Susi nervös.

„Glaubst, es ist was passiert?", fragt Liesl.

Roswitha mischt sich ein, noch bevor Susi antworten kann: „Liesl, es ist nicht gleich jeder tot, wenn er einmal verschläft."

„Aber es könnt ja sein."

„Magst eine Zigarette?"

„Nein. Und wie komm ich jetzt an die Post?“

„Gar nicht. Basta.“ Roswitha nimmt einen Zug von der Zigarette. Das Gespräch ist für sie beendet.

Liesl steigt wieder ins Auto und fährt unverrichteter Dinge davon. Umsonst aus dem Bett gequält. Heißt, sie muss ihren Plan nachjustieren.

Touchiertes Ei

Bis das Wasser den Siedepunkt erreicht, schält Barbara die Avocado und zerdrückt sie mit einer Gabel. Dann schmeckt sie die Creme mit etwas Salz und einem Spritzer Zitrone ab. Kaum kocht das Wasser, reduziert sie auch schon die Hitze. Bis es nur noch siedet. Ganz wichtig, einen Schuss Essig dazugeben. Essig sorgt dafür, dass das Eiweiß noch besser gerinnt und sich direkt ums Eigelb legt, sodass sich eine weiße Kugel bildet. Barbara nimmt am liebsten Weinessig, aber weißer Balsamico tut es auch. Sie wundert sich selbst, dass sie heute Nacht so gut geschlafen hat wie schon lange nicht mehr. Sie schlägt das Ei in einen Suppenschöpfer auf und hält den Schöpfer ins Wasser, während sie mit der Gabel im Wasser einen Strudel erzeugt. Gleich in der Früh hat sie ein paar Telefonate geführt. Sie wartet eine kleine Weile, bis das Eiweiß zu gerinnen beginnt, dann legt sie den Schöpfer beiseite. Heute hat sie den Frühstückstisch besonders schön gedeckt. Mit frischen Blumen, Obst und Tomaten aus der Region, hauchdünn geschnittenem Parmaschinken, Kalbsleberwurst, Camembert de Normandie, ihren großartigen Aufstrichen und ihrer selbst gemachten Marillenmarmelade, für die sie einen Orden bekommen sollte. Jetzt noch das frische Steinofenbrot knusprig toasten, mit der Avocadocreme bestreichen, das pochierte Ei drauf und noch einen Hauch Kresse drüberstreuen. Fertig. Am Gang hört sie Klack-Klack-Klack. Perfektes Timing. Bernhard betritt die Küche. Wortlos. Barbara lächelt ihn an und deutet auf seinen Platz. Das pochierte Ei, das sie extra für ihn zubereitet hat, sieht wirklich verführerisch aus.

„Setz dich doch", haucht sie liebevoll.

„Ich hab keinen Hunger."

„Setz dich, hab ich gesagt", sagt sie noch einmal, jetzt schon eine Spur deutlicher.

Bernhard setzt sich widerwillig an seinen Platz. Barbara stellt sich neben ihn und deutet auf das Essen: „Iss!“

„Barbara!“

„Iss, hab ich gesagt.“

Bernhard spürt, dass sie keine Widerrede duldet. Zögerlich beginnt er zu essen. Das Brot knackt beim Reinbeißen. „Barbara, ich …“

„Iss!“

Bernhard isst stumm weiter. Barbara greift nach dem Schinken und lässt ihn elegant auf seinen Teller fallen. Bernhard hält irritiert inne. „Barbara, was soll das?“

„Iss!“

Sie greift nach dem Gervais und lässt ihn auf seinen Teller plumpsen. Gleich drauf schnappt sie sich die Kalbsleberwurst, den Camembert, die großartigen Aufstriche und ihre preisgekrönte Marmelade und knallt eins nach dem anderen auf seinen Teller. Bernhard rührt sich nicht.

„Barbara, was soll das?“

„Ich lass mich scheiden. Sieh es als Chance, Bernhard. Ich tu es jedenfalls.“

Sie beugt sich zu ihm runter, gibt ihm einen flüchtigen Kuss auf die Stirn und zwickt ihn ganz leicht in die Hüfte, bevor sie ihn verlässt.

Ein bisschen verrückt ist völlig normal

Ja, auch Öd hat eine neue Wohnsiedlung. Wer mindestens zehn Jahre in Öd gemeldet ist und sich rechtzeitig bei der Gemeinde in der Liste eingetragen hat, bekommt mit viel Glück kurz vor der Pension einen Baugrund. Heiße 400 Quadratmeter zum Eingeborenen-Preis. Hier steht ein Schuhkarton neben dem anderen und doch ist jeder stolz darauf, ein Eigenheim zu besitzen. Liesl kann es keinem verdenken. Wenn du nichts erbst, dann hast du keine Chance mehr auf ein Haus im Grünen, unverbaut mit Blick auf den Kogel. Alle paar Jahre ringt die Gemeinde dem Öder Wald wieder ein paar Parzellen ab.

Das graue Pulthaus der Familie Krug ist gleich am Anfang der Öder-Siedlung und schon ein bisschen älter als der Rest. Vor dem Haus parkt Andis Firmenwagen: *Elektrotechnik Krug* steht drauf. Der weiße Gartenzaun aus witterungsbeständigem Plastik im Holzlook gibt dem Fertigteilhaus fast schon wieder einen Hauch von Stolz. Der Rasen ist so grün, dass man beinahe glauben könnte, Eva hätte ihn eigenhändig nachgefärbt. Kein einziger verkümmerter Fleck, keine Unebenheit, nix. Fast schon Golfplatz-Niveau, nur dass sich hier von den Quadratmetern her höchstens eine Partie Minigolf ausgehen würde.

Die Eva hatte schon immer was übrig für die rostigen Schilder mit den unlustigen Sinnsprüchen drauf, die man im Lagerhaus zu kaufen bekommt. Irgendwann haben die Dinger die Gartenzwerge abgelöst. Vorn am Gartenzaun hängt gleich mal ein kleines Schild an einer rostigen Kette: „Ein bisschen verrückt ist völlig normal."

Liesl öffnet das Gartentor und geht über die grauen Gehwegplatten zur Haustüre. In der Thujenhecke, quasi dem VW Golf unter den Gartenpflanzen, steckt das nächste Schild: „Ein schöner Garten wischt den Staub des Alltags von der Seele." Im schneeweißen Marmorzierkiesel, der die Lücken zwischen den grauen Platten und dem grünen Rasen auffüllen soll, liest sie auf einer Tafel: „Zu Hause ist da, wo nicht nur der Schlüssel passt, sondern auch das Herz sich wohl fühlt." Muss man mögen, denkt sich Liesl und betätigt den weißen Klingelknopf, neben dem gleich noch ein Schild in ähnlicher Qualität angeschraubt ist: „Ein glückliches Leben ist die Sammlung unvergesslicher Momente – Willkommen bei Andreas, Eva und Tobias Krug."

Gleich drauf öffnet ein völlig derangierter Tobias die Haustüre. Abgerissen und kaputt. Dreckiges Shirt, ausgebeulte Jogginghosen, in der Hand eine Flasche Bier, zwischen den Lippen eine Selbstgedrehte. Beißt sich ein bissel mit dem Sinnspruch neben der Türe, denkt sich Liesl.

„Servus Tobi, ist dein Vater daheim?"

Tobias zuckt nur mit den Schultern, dreht sich um und geht zurück ins Haus. Liesl überlegt kurz, dann folgt sie ihm und schließt die formstabile und witterungsbeständige Haustüre. Im Haus ist der ganze Boden mit grauen Fliesen ausgelegt. Liesl überlegt, ob sie die Schuhe ausziehen soll, aber dann merkt sie, dass überall Zeug rumliegt. Sie ahnt, dass es hier noch vor Kurzem ganz anders ausgehen hat.

Liesl betritt das Wohnzimmer. Tobias hat sich wieder aufs Sofa gefläzt. Offene Chipstüten, Pizzaschachteln mit Essensresten, leere Bierflaschen liegen herum und zerstören die heilige Ordnung der Verstorbenen. Der riesige Flachbildfernseher ist eingeschaltet. Der Controller einer Spielkonsole liegt neben Tobias auf dem Sofa. Tobias greift danach und fährt sein Rennen weiter. Liesl versucht, sich Gehör zu verschaffen: „Es ist nur wegen einem Paket. Ich hab da einen Blödsinn gebaut und einen Anschiss bekommen."

Tobias schaut sie aus dem Augenwinkel an und spielt weiter, ohne zu antworten.

„Wo ist denn dein Vater?“

Tobias zuckt mit den Schultern und sagt, ohne den Blick vom Monitor zu heben: „An allem ist nur die Mama schuld. Weil sie einem das Glück nicht gönnt.“

„Wäre auch ein schöner Sinnspruch, findest nicht auch?“

Tobias findet das überhaupt nicht lustig. Er nimmt einen großen Schluck aus seiner Bierflasche und spielt weiter.

Eine Weile vergeht, bis Liesl wieder was sagt: „Welches Glück?“

Tobias hält kurz inne, sieht sie abschätzig an und spielt dann weiter. „Das werde ich dir sicher nicht ins Posthorn blasen, Liesl.“

„Gut. Kein Problem. Dann komm ich ein anderes Mal. Einen schönen Tag noch.“ In dem Moment begreift sie, dass der Satz nicht wirklich passend ist, wenn deine Mutter gerade gestorben ist. Aber es wirkt so, als hätte Tobias ihn sowieso nicht gehört. Auf eine Antwort zu warten, erscheint ihr sinnlos. Also macht sie auf dem Absatz kehrt und geht.

Liesl zieht die Haustüre hinter sich zu und will schon zu ihrem Auto gehen, als ihr Blick durch die Thujenhecke auf die offene Türe zur Fertiggarage fällt. Wenn Tobias ihr schon nicht helfen will, das Erpresser-Paket zu finden, dann schaut sie eben selber nach. So eine wie die Eva hat sicher akribisch genau ihren Müll getrennt. Als Amtsleiterin hat man ja schließlich auch eine Vorbildfunktion.

Liesl betritt die Garage. Damit hat sie nun überhaupt nicht gerechnet. Da steht der mattgraue Fiat 500 Abarth, den sie touchiert hat.

„Was suchst du da?“, hört sie eine laute Stimme hinter sich.

Liesl erschrickt. Tobias steht da. Mit einer Flasche Bier in der Hand.

„Hab ich dir doch gesagt. Ich hab euch ein falsches Paket zugestellt.“

„Und du glaubst ernsthaft, dass du es hier findest?“

„War nur ein Versuch. Weißt, sonst muss ich dafür zahlen und als Postlerin verdienst einen Dreck.“

„Meine Mutter ist gerade gestorben! Und du scheißt dich an wegen einem depperten Packerl?“

„Entschuldige, hast ja recht.“

„Verschwinde!“

Liesl deutet auf den Fiat: „Ist das deiner? Kostet der nicht einen Haufen Kohle? Du bist doch noch Lehrling.“

„Ist ja nicht dein Problem. Pfiati“, und schon hat er sie unsanft aus der Garage geschoben und die Türe zugeknallt. So kennt die Liesl ihn gar nicht.

„Da fällt mir ein, der Walter ist heute morgen nicht dahergekommen und die Roswitha hat gemeint, du hast einen Schlüssel für den Laden.“

„Ja, hab ich. Aber den werde ich dir sicher nicht geben.“

„Alles klar.“

Liesl steigt angefressen in ihren Wagen und fährt los. Wie sie in den Rückspiegel blickt, sieht sie, wie Tobias mitten auf der Straße steht und weit mit dem Arm ausholt. Und schon macht es einen heftigen Schepperer auf dem Dach ihres Autos und sie zuckt komplett zusammen. Der Arsch hat ihr die Flasche Bier hinterhergeworfen. Was ist nur los mit dem? Auf wen hat der so einen Hass? Das war doch immer so ein netter Bua!

Das Herzerl am rechten Fleck

Barbara betritt bestens gelaunt die Praxis. Sie glaubt nicht, dass Bernhard heute in der Arbeit erscheint, und das ist ihr ganz recht so. Trotzdem gibt's ein Problem. Sylvias Blick lässt jedenfalls sofort drauf schließen.

„Ist was passiert?“

„Der Walter Kröll hockt schon bei dir im Behandlungsraum. Er wollte nicht im Wartezimmer auf dich warten.“

„Wieso? Deshalb heißt es ja Wartezimmer.“

Barbara wirft einen Blick in den Raum und begrüßt freundlich ihre Patienten.

Sylvia gibt Barbara zu verstehen, dass es eher dringend ist: „Er hat eigentlich keinen Termin. Am besten, du schaust gleich rein.“

„Okay.“

Barbara betritt ihren Behandlungsraum. Walter hockt mit dem Rücken zur Türe vor ihrem Schreibtisch.

„Servus, Walter.“ Sie erschrickt, als er sich zu dreht: „Himmelherrgott! Wer hat dich denn so zugerichtet?“

Walter lächelt gequält, trotz der geschwollenen Lippe und dem blau gefärbten Wangenknochen. Sein Arm hängt kraftlos runter. An seiner Stirn sind offene Schürfwunden zu sehen.

„Ich bin gegen einen Holzstapel gerannt.“

„Hm. Du siehst eher so aus, als wäre der Holzstapel gegen dich gerannt. Mach dich bitte mal frei, wenn's geht, und hock dich auf die Behandlungsliege.“ Vorsichtig tastet sie sein Schlüsselbein ab: „Das sollten wir unbedingt röntgen lassen.“

Walter kämpft mit den Tränen. Barbara greift nach seiner rechten Hand.

„Ist das eine Bisswunde?“

Er dreht den Kopf weg. Es ist ihm sichtlich peinlich. Barbara atmet erst einmal durch, dann hockt sie sich zu ihm auf die Bank.

„Willst du mir nicht erzählen, was passiert ist?"

Walter senkt den Blick.

„Walter, du weißt, ich unterliege der ärztlichen Schweigepflicht." Sie spürt, dass er sich mitteilen will. „Wer war das?"

Er schweigt.

„Ich versprech dir, das bleibt unter uns."

„Kein Wort zur Liesl."

„Versprochen."

„Es war die Franzi."

„Deine Frau!?"

„Ja."

„Puh! Soll ich mit ihr reden?"

Walter fährt augenblicklich hoch und schreit auf vor Schmerz. „Nein, nein, um Gottes Willen."

„Warum nicht?"

„Das kann ich dir nicht sagen. Das geht einfach nicht. Das ist unmöglich. Ich sollte jetzt gehen."

Barbara akzeptiert notgedrungen seine Entscheidung. „Wie du willst, Walter. Das musst du wissen. Sylvia gibt dir noch eine Überweisung fürs Röntgen mit. Und von mir bekommst du noch eine Spritze gegen die Schmerzen. Am besten ins Gesäß. Das ist ja hoffentlich noch heil. Einverstanden?"

„Einverstanden."

Er dreht sich um und lässt die Hose runter, während Barbara die Spritze präpariert. Sie schnappt sich ihren kleinen Rollhocker, streift die Gummihandschuhe über und zieht die Spritze auf.

„Jetzt tut's kurz einmal weh. Aber wem sag ich das."

Gerade wie sie die Nadel ansetzen will, sieht sie es, das kleine Herzerl-Tattoo.

„Wird's was?", fragt Walter ahnungslos.

„Ja. Das wird was", antwortet Barbara und sticht zu.

Verlieben, verloren, vergessen, verzeihen

Unterdessen ist Liesl auf dem Weg von der Öd-Siedlung zurück zum Nah & Frisch, vielleicht ist Walter ja inzwischen aufgetaucht. Gerade wie sie überlegt, wie sie fahren soll, entweder einen Abschneider übers Fahrverbot oder einen Zwischenbesuch bei der Frau Doktor mitsamt Beichte übers zerstörte Rennrad, sieht sie Andreas Krug auf dem alten Mountainbike im Wald verschwinden.

Wenn das Radl dem Andreas gehört, dann ist er möglicherweise auch der geheimnisvolle Liebhaber. Dann ist er vielleicht gar nicht so ein Moralapostel, wie er tut. Dann hat er womöglich seine Frau mit ihrer besten Erzfeindin betrogen und will nun sein schlechtes Gewissen beruhigen, in dem er ihr Andenken bewahrt. Vielleicht hat ja deshalb das Radl an der Wand vom *Inferno* gelehnt. Weil er damit zum Mike gefahren ist und ihr Postauto gestohlen hat. Und jetzt ist er auf dem Weg zurück. Um zu bezahlen!

Liesl muss sich sputen. Auch wenn sie mit dem Auto unterwegs ist, ist der Weg durch den Wald doch um einiges kürzer. Wenn Andreas nicht gerade mit einer Kuh zusammenkracht, ist er vor ihr dort. Liesl greift zu ihrem Handy und ruft ihre Freundin an.

Eine Sekunde später hebt Barbara ab und plappert sofort los: „Du glaubst nicht, was ich gerade gesehen hab…“

Aber noch bevor ihr Barbara vom Tattoo berichten kann, fährt Liesl auch schon über sie drüber: „Schnell, ruf den Tröger an und sag ihm, er soll zum *Inferno* kommen. Sofort!“

„Und was soll er da?”

„Frag nicht, tu es einfach.“

„Warum rufst du ihn nicht selber an?“

„Weil ich gerade das Opfer verfolge.“

„Das Opfer? Verfolgt man nicht normalerweise den Täter?“

„Barbara, kannst du einfach mal aufhören zu denken und nur tun, um was ich dich bitte?“

„Okay, okay“, antwortet Barbara eingeschnappt, „und was soll ich ihm sagen?“

„Dass wir den Erpresser haben. Auf frischer Tat.“ Liesl wirft ihr Handy auf den Beifahrersitz und gibt Vollgas.

Barbara fragt sich kurz, ob sie sich zum Gespött macht, wenn sie den Postenkommandanten anruft. Sie kommt zum Schluss, dass das durchaus möglich ist, aber wenn sie es nicht tut und ihre Freundin recht hat, dann bringt sie Liesl in Gefahr. Und das würde sie sich nie verzeihen. Barbara wählt die Nummer der Polizei.

Währenddessen rast Liesl von Oberöd rauf zur Hauptstraße und biegt dann, ohne zu schauen, mit quietschenden Reifen rechts ab in Richtung Unteröd. Vorm *Inferno* parkt Mikes schwarze Mamba. Die scheiß Absperrbänder vom Brenner Rudi sind ihr wurscht, sie fährt einfach durch und legt eine Vollbremsung am Schotterplatz hin. Das alte Mountainbike lehnt an der Wand. Andreas ist also schon da. Am liebsten würde sie reinrennen und Mike selbst überführen und der Polizei auf dem Servierteller präsentieren. Aber sie hat weder Handschellen noch einen Durchsuchungsbefehl. Da stößt man als einfache Postlerin mit einem Handheld doch an seine Grenzen. Aber da ist er auch schon. Der Herr Postenkommandant. Ohne Blaulicht. Eigentlich schade. Von der Show her. Aber dann auch wieder irgendwie schlau. Man darf den Verbrecher nicht aufschrecken oder vorwarnen. Das ärgert sie immer in den Filmen, wenn so was passiert.

Magnus bleibt direkt auf ihrer Höhe stehen und steigt aus dem Wagen. Die Uniform steht ihm wirklich gut. Das muss sie ihm lassen.

„Was ist denn los?"

„Der Erpresser. Jetzt haben wir ihn. Los, Sie müssen da reingehen und ihn verhaften!"

„Wer erpresst wen?" Magnus ärgert sich schon, dass er gekommen ist, aber die Frau Doktor klang so nett am Telefon.

„Der Mike den Andi. Da drin ist ein Pornoring, den wir sprengen müssen."

„Ein Pornoring? Da drin?"

Magnus blickt auf das verfallene *Disco-Inferno*-Schild, dem ein O fehlt.

„Alles andere erkläre ich Ihnen später."

„Wenn das ein Blödsinn ist ..."

Sie blickt ihn flehend an. Magnus seufzt und folgt ihr skeptisch. Liesl öffnet vorsichtig die schwere Türe und deutet Magnus, dass er ihr nachgehen soll. Sie fängt die Türe im letzten Moment ab, bevor sie krachend zufallen kann. Die beiden schleichen an der leeren Garderobe vorbei. Die Türe zum Tanzsaal steht auf. Wolfgang Petry singt vom Verlieben, vom Verlieren, vom Vergessen und vom Verzeihen.

Sie hören Stimmen reden, schleichen in den vom kalten Neonlicht erhellten Raum und verschanzen sich hinter einer der halbrunden Sitznischen. Mike und Andreas stehen mitten auf der Tanzfläche und diskutieren. Andreas ist ziemlich aufgebracht, während Mike leicht schwankend in seinen schwarzen Westernstiefeln steckt, als wären sie fix am Boden angeschraubt.

„Ist das dein Ernst?", mault Andreas Mike wütend an. „Ohne das Original-Material kriegst du nichts von mir. Gar nichts. Kannst du bitte die scheiß Musik aus machen?"

„Was gefällt dir da dran nicht? Verlieben, verloren ..."

„Mike! Ich will das Original!!"

Mike nimmt noch einen Schluck von seinem Gin und dreht Wolfgang Petry ab, der gerade davon singt, dass er alles hatte, was zählt. „Da gibt's kein Originalmaterial. Was weiß ich, welche von den Kassetten die Originale ist."

Andreas fällt aus allen Wolken: „Was heißt das? Da gibts noch mehr davon? Sag nicht, du hast das Zeug verliehen? In deiner scheiß Videothek? Das gibts ja nicht!"

„Das ist über 30 Jahre her. Und auch nur unter der Budl."

„Du Arsch! Haben die anderen davon gewusst?"

Mike zuckt gelangweilt mit den Schultern.

Liesl und Magnus hocken dicht beieinander hinter der abgerockten Sitzgarnitur und beobachten die beiden Männer. Liesl findet diese unvorhergesehene Enge durchaus prickelnd und sexy. Sie schnüffelt unauffällig an seinem Nacken. Sie würde nur allzu gern wissen, welches After Shave er benutzt. Magnus zischelt sie leise an: „Was tun Sie da?"

„Nix", zischelt Liesl zurück.

„Haben Sie an mir geschnüffelt?"

„Nein, wie kommen Sie drauf? Ich würde doch nie in dieser Situation an Ihnen riechen."

„Gut. Was ist jetzt?"

„Wir warten auf die Übergabe und dann schnappen wir zu."

„Ich bin verrückt, dass ich mich auf diesen Schwachsinn einlasse", ärgert sich Magnus.

„Irgendwas mit Moschus, habe ich recht?"

„Also doch!"

„Psst", Liesl deutet auf die beiden Streithähne.

„Okay, ich will alle Kassetten", fordert Andreas.

„Wie soll ich das machen? Ich hab keine mehr."

„Und warum soll ich dir dann das Geld geben?"

„Weil ich keins hab'? Keine Ahnung. Dafür, dass ich die Gosch'n halt? Such dir was aus."

Andreas zieht wütend ein Kuvert aus seiner Jackentasche und reicht es Mike. Der blickt kurz rein und grinst erfreut: „Passt. Zumindest fürs Erste."

„Fürs Erste? Das wars!!!“ Andreas kann nicht glauben, was er da hört.

Liesl verpasst Magnus einen kleinen Rempler: „Da, jetzt haben wir ihn.“

„Gar nichts haben wir.“

Mike steckt das Kuvert ein und überspannt erneut den Bogen: „War die Eva daheim eigentlich auch so streng?“

Jetzt reicht es Andreas. Er stürzt sich wütend auf Mike. Der lässt vor Schreck sein Glas fallen und es zerbirst am Boden. Andreas schlägt unkontrolliert auf Mike ein, der versucht, sich so gut es geht zu schützen. Magnus rennt zu den Raufenden, packt Andreas bei der Schulter und reißt ihn zur Seite: „Aufhören! Polizei! Auseinander!“

Andreas hat keinen Schimmer, woher auf einmal der Polizist kommt. Mike hingegen bekommt einen unmotivierten Lachkrampf. Der Gin tut seine Wirkung. Als er Liesl hinter Magnus' Rücken auftauchen sieht, vergeht ihm allerdings das Lachen.

Dann spricht Magnus ein Machtwort: „Sie sind verhaftet. Alle beide.“

TEIL DREI

Der Trittbrettfahrer, der Entführer, der Liebhaber, die Wahrheit, die ganze Wahrheit und die Wahrheit, die echt keiner mehr braucht

Das falsche Geschlecht

„Ich komm mir vor wie ein fünfzehn Jahre währendes Alibi. Ich hab immer gedacht, es liegt an mir. Ich bin ihm zu fett oder zu unattraktiv oder zu langweilig. Dabei hab ich nur das falsche Geschlecht."

Barbara hockt am alten Holzsteg des Badesees und reicht ihrer Freundin die Lunchbox mit den selbst gebackenen Falafel-Bällchen. Liesl greift dankbar zu. Die Sonne versteckt sich hinter Wolken, trotzdem hat Barbara die Hosen hochgekrempelt und ihre nackten Füße ins kalte Wasser gesteckt.

„Und der andere auf dem Video ist der Mike?", fragt Liesl.

„Ja. Ich schätze, die zwei hatten früher schon mal was miteinander. Dann ist der Bernhard weggegangen, studieren, und wie wir hierhergezogen sind, hat alles wieder angefangen."

„Hm, dann war er vielleicht doch nicht so oft Radlfahren. Apropos …" Liesl will ihr Missgeschick beichten, kommt aber nicht zu Wort. Barbara ist mit den Gedanken ganz woanders.

„Und ich dumme Kuh hab noch drauf gedrängt, dass wir hierherziehen. Er wollte ja gar nicht."

Liesl hockt sich zu ihr.

„Das hätte nichts geändert. Wenn es nicht der Mike gewesen wäre, dann eben ein anderer. Fragt sich eher, warum er das so lange verheimlicht hat. Gibt ja heutzutage nicht wirklich einen Grund dazu. Da bist du ja eher uninteressant, wenn du einfach nur hetero bist. Zumindest bi sollte man schon sein."

Liesl steckt sich das nächste Falafel-Bällchen in den Mund: „Die Dinger sind der Hammer. Aus was sind die?"

„Kichererbsen."

„Großartig."

Barbara blickt auf den See. „Ich weiß, das klingt vielleicht komisch, aber ich bin richtig erlöst, seit ich es weiß. Wie eine riesige Last, die von mir gefallen ist, so groß wie unser Haus."

„Vielleicht schaut's ja aus dem Grund aus wie ein Felsbrocken."

„Kann schon sein", lacht Barbara. „Was mich so maßlos kränkt, ist, dass er mich so lange Zeit nur benutzt hat. Ich hab das Gefühl, unser gesamtes gemeinsames Leben war eine einzige Lüge." Barbara greift nach einem Falafel-Bällchen und beißt hinein.

„Muss nicht sein", erwidert Liesl. „Habts ihr drüber geredet?"

„Mit dem Bernhard? Machst du Witze? Wahrscheinlich sitzt er deshalb immer auf seinem Radl. Weil er da nicht reden muss."

„Tandem war nie eine Option?" Liesl grinst ihre Freundin verschmitzt an und schnappt sich noch eines von den schmackhaften Bällchen.

„Er packt gerade seine Sachen. Wenn ich heimkomme, ist er weg. Das war's dann."

„Apropos Sachen. Ich fürchte, der Didi hat sein Radl leicht touchiert."

„Touchiert?", Barbara blickt Liesl aus dem Augenwinkel an. „Mit einem 40-Tonner?"

„Naja, gut, es sieht jetzt nicht mehr wirklich wie ein Radl aus, eher wie moderne Kunst."

Barbara muss lachen. „Entspann dich. Er hat's verdient. Wie wäre es, wenn ich uns heute Abend was Schönes koche? Oder hast schon was vor?"

„Nein. Super Idee. Ich bin allein. Der Didi ist gerade in Baden-Württemberg."

„Auch schön. Wer's mag."

Wieder lachen beide. Liesl bekommt eine Nachricht auf ihr Hndy.

„Was ist los?", fragt Barbara.

„Ich hab Magnus gebeten, mich auf dem Laufenden zu halten."

„Magnus? Ihr duzt euch?"

„Du, wenn man gemeinsam einen internationalen Erpresserring aushebt, schafft das schon eine ganz besondere Verbindung.“

„Einen internationalen?!“

„Ja! Der Magnus war kurz davor, Interpol einzuschalten. Wir zwei sind so miteinander“, deutet Liesl mit verschränkten Fingern an.

„Ich hoffe, dein Didi sieht das auch so.“

„Das ist rein beruflich-platonisch. Quasi eine postpolizeiliche Aktion.“

„Bist dir sicher?“

„Ganz sicher.“ Liesl schnappt sich das letzte Falafel-Bällchen und geht zu ihrem Auto, das sie dreist am Ufer abgestellt hat. Ein Wunder, dass der Motor nicht läuft. Als sie losfährt, fällt Barbara ein, dass sie ihr ja von dem Tattoo auf Walters Pobacke berichten wollte. Aber vor lauter Problemen hat sie glatt drauf vergessen. Zu spät. Liesl pflügt bereits mit ihrer gelben Rakete über die leere Liegewiese Richtung Straße.

Trittbrettfahrer

Gerade wie Liesl vor der Wache eintrifft, kommt Andreas aus dem Gebäude. Als er sie bemerkt, marschiert er wütend auf ihr Auto zu. Für einen kurzen Moment ist Liesl versucht, die Türen zu verriegeln, aber sie findet den Knopf nicht schnell genug. Kein Wunder, sie sperrt ja nie ab.

Schon reißt Andreas die Fahrertüre auf und mault sie an: „Ein Wort darüber in der Gemeinde und ich mach dich fertig. Dann zeig ich dich an wegen Verleumdung."

„Ich wollte nur helfen", antwortet Liesl beschwichtigend.

„Das ist dir mächtig gelungen", stößt Andreas gekränkt aus. „Reicht es dir nicht, dass ich meine Frau verloren habe? Musst du jetzt auch noch auf unserer Liebe und ihrem Andenken herumtrampeln?" Er kämpft mit den Tränen. „Eins schwöre ich dir, Liesl, ich werde nie wieder was online bestellen, nur damit ich dein Gesicht nicht mehr sehen muss."

„DHL", wirft Liesl leise ein, doch Andreas versteht nicht. „Du musst nicht verzichten. Wenn du mich nicht mehr sehen willst, das respektiere ich natürlich, aber deshalb kannst du trotzdem weiter online bestellen. Halt über DHL oder UPS. Wobei gerade wir am Land den Einzelhandel stützen und regional einkaufen sollten."

Andreas starrt Liesl fassungslos an. Dann geht er wortlos davon.

Sie atmet erleichtert aus und steigt aus dem Wagen. Andreas hat ihr richtig Angst gemacht. Der Mann hat seine Wut nicht im Griff. Wenn einer Stimmungsaufheller braucht, dann doch wohl er.

Wie sie die Polizeiwache betreten will, kommt Mike aus der Tür. Er ist nicht weniger aufgebracht als Andreas und fährt sie ebenfalls an: „Du bist ja komplett ... unterentwickelt. Du bist ja völlig ... denaturiert“, stößt Mike hilflos hervor und ringt dabei mit den Händen um Worte. „Dir sollten sie die Lizenz entziehen.“

„Welche?“, fragt Liesl gelassen. Inzwischen hat sie sich wieder gefangen.

„Die Lizenz zu allem, quasi. Du weißt schon, was ich meine.“

„Nein, weiß ich nicht. Ich weiß nur, dass du die Leute erpresst und nicht ich. Frage mich nur, warum du nicht auch deinen Freund Bernhard erpresst hast. Oder hast es eh?“

Augenblicklich verstummt Mike. Liesl setzt noch eins drauf: „Ist schon witzig, jahrzehntelang hab ich dich für den ärgsten Macho und Weiberer gehalten, dabei war alles nur Tarnung.“

Mike spricht plötzlich ganz leise: „Du hast keine Ahnung, Liesl, du hast keinen blassen Schimmer.“

Noch bevor sie darauf antworten kann, geht er auch schon davon. Stimmt, denkt sie sich, ich habe keine Ahnung. Immer auf Hetero-Inferno machen müssen, obwohl man es gar nicht will. Wie sie ihm so nachschaut, die dürren O-Beine, die enge, in die Westernstiefeln gesteckte Jeans, hat sie fast Mitleid mit ihm. Da schaut er gar nicht mehr aus wie ein Macho, im Gegenteil, eher wie ein kleiner, verkleideter Bua. Aber erpressen geht trotzdem nicht.

Sie hört Magnus’ Stimme hinter sich: „Mike Donath behauptet, dass Sie ihn erst auf die Idee mit der Erpressung gebracht haben. Kein Wunder, bei den Geldproblemen, die der hat. Aber er hat nie irgendwelche Pakete verschickt.“

Magnus steht in der Türe zur Polizeiwache. Sie dachte eigentlich, dass sie sich duzen. Na gut, dann eben nicht. So kann Didi auch nicht auf blöde Gedanken kommen und Barbara spart sich die dummen Bemerkungen.

„Und Sie glauben ihm?“, fragt Liesl betont sachlich.

„Ja.“

„Trotzdem hat er den Andreas Krug erpresst.“

„Der Herr Donath wurde auf freiem Fuß angezeigt."

„Allein für das, was der daherredet, müsste er lebenslänglich kriegen. Hab ich jetzt Anspruch auf Polizeischutz? Der Krug hat mich öffentlich bedroht."

Magnus grinst. „Zeugenschutzprogramm, mindestens. Wenn Sie wollen, schau ich täglich auf einen Kaffee vorbei."

„Ja ja, machen Sie sich nur lustig. Aber das bedeutet ja, dass der Mike so was wie ein Trittbrettfahrer ist?"

Magnus' Miene wird wieder ernst: „Hören Sie, ich finde das ja wirklich lobenswert, wie Sie sich im Sinne der Gerechtigkeit engagieren, aber Magdalena Schamberger ist eines natürlichen Todes gestorben und Eva Krug hat Selbstmord begangen. Mag sein, dass sie von einem Unbekannten erpresst wurden, aber jetzt sind beide tot. Und somit ist der Erpresser arbeitslos. Andreas Krug war nur bereit zu zahlen, um das Ansehen seiner verstorbenen Frau zu wahren."

„Interessiert es Sie überhaupt nicht, wer dahintersteckt? Das rostige Radl, das vorm Haus der Schamberger gelehnt hat, gehört dem Andreas Krug. Vielleicht hat er ja seine Frau mit der Magdalena betrogen und tut jetzt nur so, als wäre er der Gute."

„Das werden wir schon noch rausbekommen", antwortet Magnus gereizt und geht zurück zur Türe. „Also, nicht wir, ICH. Lassen Sie es gut sein, Lieselotte, Sie sind wirklich nett. Ich würde Sie nur ungern ..."

„Was?"

„Anzeigen!"

Jedem sein Packerl

Liesl ist so aufgebracht von den Ereignissen, dass sie nur schnell das kaputte Rennrad holt und gleich weiter zu ihrer Freundin Barbara fährt. Bernhards Elektroauto steht mit offener Heckklappe vor der Türe. Die Begegnung hätte sie gern vermieden. Naja, dann kann sie ihm auch gleich sein Fahrrad zurückgeben. Liesl geht hinter ihr Postauto und holt den Rest von Bernhards Rennrad aus dem Kofferraum. Gerade wie sie das metallene Elend an die Wand lehnt, kommt Bernhard mit einem großen Karton aus dem Haus. Liesl hätte sich diesen Blick gern erspart, aber manchmal muss man eben den Konsequenzen in die Augen schauen. Jetzt taucht auch noch Barbara in der Haustüre auf und verschränkt die Arme.

„Tut mir echt leid", haucht Liesl mit schwacher Stimme. „Scania gegen Bianchi. Der Scania war stärker."

Bernhard starrt fassungslos auf seinen völlig zerstörten Lebensinhalt. Wenn man einen Lauf hat, hat man einen Lauf. Erst die Ehe und jetzt auch noch das Fahrrad, wobei Liesl sich nicht sicher ist, was ihn mehr schmerzt.

„Ich ruf einmal den Spielmann Jörg von der Versicherung an, vielleicht zahlen die das ja", versucht Liesl zu beschwichtigen.

„Das hat 15.000 Euro gekostet", antwortet Bernhard mit belegter Stimme.

„Echt jetzt? 15.000 Euro? Dafür, dass du selber treten musst?" Liesl kann es kaum glauben.

Bernhard blickt vorwurfsvoll zu Barbara. In seinen Augen ist sie dafür verantwortlich. Er schiebt Liesl mit einer abwehrenden Geste zur Seite, greift behutsam nach seinem kaputten Radl, als wäre es ein verletztes Kind, und legt es vorsichtig hinten in den Kombi. Wortlos knallt er die Heckklappe zu, steigt in den Wagen und rollt lautlos davon.

„Und wohin fährt er jetzt?" Liesl blickt zu Barbara.

Die reagiert ziemlich gelassen: „Wenn er Glück hat, erwischt er noch sein richtiges Leben. Lust auf Spaghetti mit Garnelen?“ Und schon ist sie im Haus verschwunden.

„Das Geheimnis ist der Knoblauch“, verrät Barbara am Herd stehend, „wenn du frischen Knoblauch nimmst, ist das Rennen schon fast gewonnen. Frische Garnelen sind sowieso ein Gerücht. Tiefgefroren sind sie alle. Wein ist im Kühlschrank.“

Liesl mustert kurz das Etikett aus recyceltem Papier vom Nobelwinzer und schenkt beiden ein. Sie hat bereits berichtet, was sich vor der Polizeistation ereignet hat. „Wenn es dich beruhigt, ich habe den Herrn Postenkommandanten gebeten, mich wieder zu siezen.“

„Tatsächlich?“ Barbara hat da ihre Zweifel.

„Sicher“, kontert Liesl entrüstet. „Entschuldige, ich serviere ihm den Fall auf einem Silbertablett und er lässt beide wieder gehen. Und dann drohen die mir auch noch damit, mich anzuzeigen. Mich! Wegen Verleumdung. Der Krug, der Arsch!“

„Apropos Arsch. Das wollte ich dir schon die ganze Zeit erzählen. Ich weiß jetzt, wem das Tattoo gehört. Dem Walter Kröll.“

Liesl fällt aus allen Wolken: „Dem Nah-&-Frisch-Walter? Unserem Walter?“ Sie kann nicht glauben, was sie da hört.

„Ja“, antwortet Barbara gelassen und gibt die Garnelen zum Knoblauch in die heiße Pfanne. „Er war heute morgen bei mir in der Praxis. Ich habe ihm mitten ins Herzerl eine Injektion gejagt. Wegen der Schmerzen.“

„Ah! Deshalb war er nicht im Supermarkt. Verstehe. Und was hat er für Schmerzen?“

„Darf ich dir nicht sagen“, antwortet Barbara, während sie die Spaghetti ins Wasser gibt.

„Jetzt sag schon“, drängt Liesl.

„Arztgeheimnis.“

„Bleibt ein Postgeheimnis. Versprochen."

Barbara überlegt, dann gibt sie nach, was anderes hätte sowieso keinen Sinn: „Die Franziska hat ihn verprügelt."

„Verprügelt?" In Liesls Kopf rattert es. „Der scheint drauf zu stehen, kann das sein?" Sie blickt auf die Designeruhr an der Küchenwand. „Komm schon! Wenn wir Glück haben, geht sich's noch aus."

Barbara versteht kein Wort. „Aber das Essen! Die Spaghetti!"

„Die essen wir nachher." Liesl schnappt sich ihre Jacke.

Frustriert schaltet Barbara den Herd ab und folgt ihrer Freundin. „Was kann so dringend sein, dass man auf Spaghetti mit Garnelen verzichtet?"

Inzwischen ist es dunkel geworden. Sie fahren die lang gezogene Kurve entlang. Liesl zieht den Tacho rauf auf 80 km/h und wendet sich kurz an ihre Freundin, während sie konzentriert auf die Straße blickt, einen Gang runterschaltet und den Motor in den roten Bereich jagt. „Festhalten!"

„Was hast du vor?" Barbara sucht nach einem Haltegriff oberhalb der Beifahrertüre. Vergeblich.

Und schon kommt die Kuppe, Barbara schreit vor Angst, der Fiat hebt ab, ihr Kopf schlägt gegen den Plafond und sie stöhnt auf.

„Geil", jauchzt Liesl. Dann bremst sie die Fuhre auch schon wieder runter. Sie nimmt gekonnt die Links-Rechts-Kombination und fährt rasant um den schwach beleuchteten Nah & Frisch herum zum Lieferantenparkplatz.

Barbara hat gefühlte drei Minuten nicht geatmet. „Bist du irre? Du hättest uns beinahe umgebracht."

„Entspann dich, ist meine Hausstrecke. Außerdem war ja eine Notärztin an Bord. Auf vollen Magen wäre es vielleicht ein Problem gewesen."

„Was tun wir hier?", will Barbara wissen.

Liesl deutet lächelnd auf den großen gelben Lkw, der mit offener Ladefläche vor dem Lieferanteneingang steht. „Die Post bringt allen was. Vielleicht spät, aber doch. Deine Worte“, grinst sie.

Barbara versteht noch immer nicht, was das Ganze soll. „Ich will zurück zu meinen Spaghetti“, mault sie hungrig und ungehalten.

„Erinnerst du dich noch, wie der Walter und die Eva so heftig diskutiert haben. Vorm *Jägerwirt'n*, gleich nach dem Begräbnis?“

„Ja klar“, antwortet Barbara.

„Da hat sie ihm erzählt, dass sie ein Paket bekommen hat.“

„Und?“

„Und? In dem Moment war ihm klar, dass er auch eins kriegt. Die Eva war die Domina in dem Video und er, wie wir jetzt wissen, der arme nackte Arsch am Andreaskreuz.“

Jetzt dämmert es auch Barbara: „Also musste er das Paket abfangen, bevor es die Franziska in die Hände bekommt. Das heißt …“

„Der Walter hat mein Auto gestohlen. Warte hier. Ich bin gleich wieder da.“

Schon ist Liesl ausgestiegen und marschiert auf den Fahrer des Lkw zu. Barbara sieht sie mit ihm reden. Die beiden lachen und scherzen miteinander. Liesl scheint den Mann geschickt um den Finger zu wickeln. Barbara beobachtet, wie der Mann einen großen Stapel mit Paketen im Postlager verstaut, sich von Liesl verabschiedet und wieder fährt. Liesl deutet Barbara voller Begeisterung, dass alles wie gewünscht läuft. Gleich drauf verschwindet sie hinter der Stahltüre im Lager.

Liesl beginnt sofort, die neu eingelangte Post zu durchforsten. Der Erpresser hat sicher an alle die gleichen Pakete verschickt. Da, ganz unten, steckt eins, das passen könnte. Blöderweise muss sie dafür erst alle anderen wegräumen. Die haben zum

Teil ein ganz schönes Gewicht. Auf einem steht „Vorsicht Zerbrechlich“, da hat wieder irgendwer Wein bestellt, anstatt ihn regional beim Walter zu kaufen. Klar, ihre Freundin Barbara, wer sonst? Egal. Liesl hat im Moment andere Sorgen. Verdammt, sie hätte den Berg besser stapeln sollen. Gerade wie sie das Paket zu greifen bekommt, fällt der ganze Haufen auf die Seite. Im nächsten Moment geht das Licht aus.

„Barbara, bist du das?“

Keine Antwort.

Liesl steigt vorsichtig über den Pakethaufen und tastet sich Richtung Lichtschalter vor. Verdammt, denkt sie, schon wieder das Handy vergessen. Sie muss unbedingt an ihrer Performance arbeiten. Egal. Hauptsache, sie hat das Paket. Aber ein bisschen mulmig ist ihr schon. Ein bisschen sehr mulmig.

„Barbara?“

Wieder keine Antwort.

Liesl greift in ihre Tasche und stellt erleichtert fest, dass sie doch ihr Handy dabeihat. Nur keine Panik. Sie schaltet die Taschenlampe ein, um den Lichtschalter zu finden und leuchtet direkt in eine schwarze Fratze. Liesl erschrickt derartig, dass es ihr die Stimme verschlägt. Schon stülpt ihr der Unbekannte einen Postsack über, dreht sie herum wie einen Kreisel und umwickelt sie dabei derartig schnell mit Klebeband, als wäre sie ein Expresspaket.

Derweil hockt Barbara brav am Beifahrersitz und wartet hinterm Supermarkt. Sie ahnt nichts von dem, was da drin passiert. Im Gegenteil. Ihr ist langweilig und Hunger hat sie auch. Sie hat nicht einmal feste Schuhe an, nur so Schlapfen für zu Hause. Sie hat ja nicht gewusst, wo sie hinfahren. Überall im Auto liegt Zeug herum. Auf irgendwas hockt sie drauf. Es drückt ihr in den Po. Vielleicht spürt sie es auch nur, weil sie ihren Po-Push-Up nicht angezogen hat. Den schmeißt sie jetzt sowieso in den Müll. Beim nächsten Mann wird alles anders. Entweder sucht sie sich einen, der sie so nimmt, wie sie ist, oder sie lässt es bleiben. Sie zieht den Rest von einem platt gedrückten Karton unter ihrem Hintern hervor. Es ist das Paket an Magdalena, das Liesl unerlaubterweise geöffnet hat. Barbara knipst die Innenbeleuchtung an und blickt in den Karton. Sie zieht den Zettel raus, auf dem „Letzte Warnung" geschrieben steht. Erst jetzt betrachtet sie ihn genauer und dreht ihn um. Warum haben sie das nicht schon viel früher bemerkt? Da hat jemand auf Briefpapier der Gemeinde geschrieben. Unten stehen Anschrift, Kontodaten und Telefonnummer des Gemeindeamts Öd. Barbara schnappt sich noch einmal das Paket und nimmt es unter die Lupe. Unter dem aufgeklebten Papier mit Magdalenas Anschrift pickt bereits ein Zettel. Jemand hat ihn überklebt. Barbara versucht, das Papier an einer Ecke zu lösen und abzuziehen, ganz vorsichtig, um den Zettel darunter nicht zu beschädigen.

Sie kann nicht glauben, was sie da liest: „Wir sind solche Idioten!"

Barbara springt aus dem Auto und läuft rüber zur Stahltüre. Aber die lässt sich nur von innen öffnen. Sie klopft dagegen und ruft nach ihrer Freundin: „Liesl, mach auf. Du glaubst nicht, was ich gerade entdeckt habe."

Niemand reagiert.

Barbara klopft erneut: „Liesl?" Langsam beginnt sie, sich Sorgen zu machen. Sie hämmert gegen die Türe. Aber Liesl antwortet noch immer nicht.

Wie sollte sie auch? Liesl steckt unter einem kratzig-grauslichen Postsack und kann sich nicht rühren. Als sie Barbara gegen die Stahltüre hämmern hört, versucht sie, zu schreien und sich bemerkbar zu machen, vergeblich. Der Unbekannte hält ihr brutal den Mund zu und zerrt sie weg.

Gleich drauf hört Barbara auf der anderen Seite des Gebäudes einen Motor starten. Als sie um die Ecke läuft, sieht sie nur noch Rücklichter in der Ferne verschwinden. „Verdammt!"

Liesl liegt gefesselt am Rücksitz und tritt um sich. Das Auto gerät kurz ins Schleudern. Plötzlich trifft sie mit voller Wucht ein heftiger Schlag und sie verliert das Bewusstsein.

Barbara reißt die Türe des Postautos auf, sucht nach ihrem Handy und ruft Magnus an: „Dr. Gapp hier. Die Liesl wurde entführt."

„Es reicht. Ich habe keine Lust mehr auf die postpubertären Blödheiten der Frau Lieselotte. Richten Sie ihr das aus."

Magnus will den Anruf beenden, da hört er Barbara wütend ins Telefon schreien: „Wenn Sie Ihren verdammten Arsch nicht augenblicklich hierher bewegen, dann Gnade Ihnen Gott, dass Sie nie krank werden. Es könnte sonst nämlich passieren, dass Sie in meinem Wartezimmer verrotten. Hab ich mich klar genug ausgedrückt, Herr Postenkommandant?"

„Wo sind Sie?"

„Beim Supermarkt. Sie haben drei Minuten."

Keine zwei Minuten später rast Magnus mit Blaulicht und Folgetonhorn die lang gezogene, leicht abschüssige Kurve hinunter. Erst jetzt bemerkt er in der Dunkelheit die Kuppe vor der Brücke. Verdammt. Das hat er völlig vergessen. Wenn er jetzt noch bremst, gerät er ins Schleudern und landet im Bach oder im Geländer. Er hat nur eine Chance: Gas geben. Und schon hebt er ab und fühlt sich zwei Sekunden schwerelos. Großartig. Er versteht Lieselotte in diesem kurzen Moment, auch wenn er sie nicht verstehen will. Und schon setzt er hart auf und bremst runter. Jetzt scharf links und gleich wieder rechts. Er sieht bereits den schwach beleuchteten Supermarkt und diese durchaus beeindruckende Ärztin davor stehen.

Liesl kommt langsam wieder zu sich. Aber wo ist sie? Ihr tut der Schädel weh. Ihre Arme hängen an einem Haken über ihrem Kopf. Sie ist angekettet. Ihre Handgelenke schmerzen. Unter dem Sack, den der Kerl ihr über den Kopf gestülpt hat, kann sie vage etwas erkennen: weiße Arbeitsschuhe mit Blutflecken drauf. Verdammt, wo ist sie gelandet? Was hat der Typ mit ihr vor? Sie würde so gern um Hilfe schreien, aber sie fühlt sich zu schwach dazu, viel zu schwach, der Kopf tut ihr weh und fühlt sich unglaublich schwer an. Verdammt. Sie ist noch immer total benommen. Sie spürt eine Spitze an den Rippen. Ein Messer? Das war's dann wohl. Aber dann spürt sie, wie der Unbekannte sie von dem Paketband befreit. Gleich drauf zieht er ihr mit einer einzigen, brutalen Bewegung den Sack vom Kopf.

Licht blendet sie. Es ist alles verschwommen, sie muss sich erst orientieren. Da steht jemand vor ihr. Wieder diese schwarze Fratze. Ist die etwa aus Latex? Kann das sein? Echt jetzt? Verdammt, sie hängt an diesem bescheuerten Andreaskreuz im Keller von der Magdalena. Was hat der Kerl nur vor mit ihr? Gibt es jetzt doch noch einen waschechten Mord in Öd? Dummerweise an ihr? Und wenn ja, wer klärt ihn dann auf?

Magnus geht entschlossen auf Barbara zu. Sie hält ein aufgerissenes Paket in der Hand.

„Was ist passiert?", will Magnus wissen.

„Ich glaube, sie wurde überfallen und entführt."

„Die Frau hält mich wirklich auf Trab."

„Die vordere Türe ist offen. Ich hab mich nur nicht allein reingewagt", antwortet Barbara kleinlaut.

„Sie bleiben hier."

„Ich gehe mit."

„Aha, jetzt doch. Sind Sie eigentlich beide so?"

„Wie?"

„Anstrengend …" Er schüttelt entnervt den Kopf und geht auf den Supermarkt zu. Tatsächlich öffnet sich die automatische Schiebetüre. Barbara folgt ihm ins abgedunkelte Innere. Magnus hat seine Taschenlampe eingeschaltet, Barbara stupft ihn an: „Sie hat was im Lager gesucht."

„Und was?"

„Ein Paket."

„Ein Paket? Konnte das nicht bis morgen warten?", stöhnt er, öffnet die Türe zum Lager und schaltet das Licht ein. Eine Menge Post liegt auf dem Boden verstreut. „Sieht aus, als hätte es einen Kampf gegeben. Haben Sie irgendeine Ahnung, wo er sie hingebracht haben könnte?"

„Ja, hab ich", antwortet Barbara.

Die Wahrheit

Der Mann mit der schwarzen Latexmaske steht direkt vor Liesl und bindet ein Bondage-Seil um ihren Hals: „Wenn du willst, dass dir nichts passiert, dann halte dich in Zukunft raus. Hast du gehört?“ Er zieht das Seil noch fester. „Ob du das gehört hast?“

„Ja. Ja. Ich halte mich raus. Mich geht das alles nichts an.“

„Aber vielleicht stehst du ja auch drauf“, sein Gesicht ist nun ganz nah am ihrem. Er riecht nach Alkohol.

„Schwitzt man da nicht unglaublich unter diesem Plastikzeug?“

„Halts Maul“, fährt sie der Mann an.

„Und was macht einer, der eine Latexallergie hat?“

„Du redest mir zu viel, weiß du das?“, antwortet der Unbekannte und greift nach einem Mundknebel, der auf der Seite zwischen all den Sex-Toys liegt. In dem Moment hören sie oben ein Geräusch. Der Mann hält kurz inne, Liesl versucht, ihre Chance zu nutzen und um Hilfe zu rufen, aber der Kerl ist schneller, steckt ihr den Knebel in den Mund und zurrt blitzschnell den Gurt so fest, dass sie nicht mehr schreien kann.

Magnus schleicht mit gezogener Waffe die Kellertreppe hinunter. Die alte Stahltüre ist nur angelehnt, aus dem Raum dringt Licht. Vorsichtig drückt er die Türe auf, die Waffe schussbereit. Da sieht er Liesl am Andreaskreuz hängen, wie sie panisch versucht, ihm etwas mitzuteilen. In dem Moment trifft ihn von hinten ein Schlag und er geht zu Boden.

Der Mann in der schwarzen Maske rennt die Treppe hinauf. Aber er hat nicht mit Barbara gerechnet. Gerade wie er zur oberen Kellertüre raus will, erwischt ihn unvermittelt und brutal der fette Absatz von einem der roten Overknee-Stiefel, mit dem Barbara ihm zu einem perfekten Homerun verhilft. Der

Mann poltert rücklings die steile Treppe hinunter und bleibt bewusstlos am Boden liegen. Barbara, von ihrer eigenen Schlagkraft mindestens genauso beeindruckt wie ihr Opfer, hastet hinunter in den Keller, stolpert und fällt beinahe auf den Entführer. Währenddessen rafft sich endlich Magnus unter Schmerzen wieder auf und greift sich an den Hinterkopf. Kaum dass Barbara ihre Freundin von den Fesseln befreit hat, hastet Liesl auch schon zu dem Unbekannten und reißt ihm die schwarze Latexmaske vom Kopf.

„Du!?“

Hangover

Barbara hat ein paar Eiswürfel in zwei Handtücher gewickelt. In trauter Untrautsamkeit halten sich Entführer und Polizist je eines davon in ihre schmerzenden Nacken. Die beiden Männer hocken in Magdalenas Wohnzimmer auf dem Sofa. Liesl reicht Himbeergeist zur inneren Beruhigung.

Magnus lehnt ab: „Ich bin im Dienst."

Liesl lässt das nicht gelten: „Sie sind in erster Linie in Öd. Und in zweiter Linie haben S' einen kleinen Dachschaden … erlitten. Beides rechtfertigt mindestens eine Himbeere. Die meisten Leute saufen komplett ohne Grund, von daher können Sie sowieso nichts falsch machen." Liesl hält ihm erneut das Glas hin. Magnus zeigt Einsicht und trinkt. „Na also", sagt Liesl und schenkt sich auch noch einen ein. „Ich wurde schließlich entführt. Prost!"

Dann wendet sie sich an ihren Entführer: „So, und jetzt bist du dran. Sofern der Herr Kollege von der Polizei nichts dagegen hat, würde mich jetzt aber schon interessieren, was dir da eingefallen ist."

„Darf ich vorher noch einen Schnaps haben?" Tobias setzt eine Leidensmiene auf.

„Nach dem Geständnis", kontert Liesl resolut.

„Die Magdalena und ich haben uns im *Hangover* kennengelernt. Ein Club für Leute, die auf BDSM und so stehen."

„Oder die einfach nur ein bissel abhängen wollen", Liesl kann sich den Scherz nicht verkneifen.

„So in etwa, ja", antwortet Tobias zerknirscht, „die Petra war dafür nicht zu haben."

„Und so was gibt's bei uns?" Barbara ist überrascht.

„Bei uns nicht, aber woanders", meint Tobias kurz. Dann erzählt er weiter: „Tja, und dann haben wir uns ineinander verliebt. Die Magda und ich."

„Die war doch viel älter als du“, wirft Liesl ein.

„Fängst du jetzt auch so an? Die Mama hat nur noch getobt, wie sie es erfahren hat. Die Magda und die Mama haben sich eh schon gehasst wegen dem Kirchenchor.“

„Den kleinen Flitzer hat dir die Magdalena gekauft, stimmt's?“

„Da ist die Mama dann vollends ausgezuckt.“

„Wieviel PS hat'n der?“, fragt Liesl neugierig.

„165. Von Null auf 100 in 7 Sekunden.“

„Wow!“ Liesl ist sichtlich beeindruckt.

„Und was hat es mit der Erpressung auf sich?“, hakt jetzt Barbara ein. Tobias blickt zu Magnus, wohl in Sorge, dass er dafür zur Rechenschaft gezogen wird. Der hebt beschwichtigend die Hände: „Ich bin außer Dienst. Zumindest kurz.“

Liesl grinst ihn breit an. Der Mann kann ja doch locker machen.

Tobias erzählt weiter: „Irgendwann hat mir die Magda von dem alten Video erzählt. Von der albernen Sexparty, die sie mitgefilmt haben. Das war eine Überraschung, das kann ich euch flüstern. Meine bigotte Mama in Latex, mit Peitsche, die sich heute darüber aufregt, dass ich was mit einer Älteren hab. Tss!!“

„Das heißt, das Video war eine einmalige Sache?“

„Ja, das ganze Latexzeug war vom Fasching. Die Magda ist die Einzige, die dadurch auf den Geschmack gekommen ist. Für die anderen war es nur eine b'soffene G'schicht.“

Barbara und Liesl sehen einander an. In ihren Köpfen rattert es.

„Und was hat's dann mit dem kleinen Büchlein auf sich? Mit den ganzen Abkürzungen?“, will Liesl endlich eine Antwort darauf haben.

„Keine Ahnung. Nie davon gehört.“

Magnus blickt fragend zu den beiden Frauen, die sofort eine abwertende Geste machen. „Nicht so wichtig. Erzähl weiter.“

„Die Mama hat so einen Hass auf die Magda gehabt, dass sie der Franziska versprochen hat, sie zur neuen Bürgermeisterin zu machen, wenn sie danach die Magda rausschmeißt."

„Was nicht schwer war. Sie war ja auch die einzige Kandidatin", wendet Liesl ein.

„Du täuschst dich. Die Mama wollte eigentlich kandidieren. Gegen sie hätte die Franziska keine Chance gehabt", antwortet Tobias.

„Das hab ich gar nicht gewusst."

„Tja, Liesl, du weißt wohl doch nicht alles, was in Öd passiert."

Liesl überhört die spitze Bemerkung ihrer Freundin und fragt Tobias weiter aus: „Was heißt das? Der Eva ihr Hass auf die Magda war so groß, dass sie sogar aufs Bürgermeisteramt verzichtet hat?"

„Ja. Und das Erste, was die Franziska nach ihrem Wahlsieg getan hat, war, die Magda rauszuschmeißen. Wie ich das erfahren hab, hat's mir gereicht."

„Und dann hast du deine eigene Mutter erpresst?", will Liesl wissen.

„Ich wollte ihr nur einen Denkzettel verpassen. Ich wollte ja nicht, dass sie stirbt!" Tobias kämpft mit den Tränen.

„Und die Magdalena, was ist mit der?", hakt Barbara ein.

Tobias' Stimme wird plötzlich ganz sanft: „Sie ist in meinen Armen gestorben. Sie hatte einen Herzinfarkt." Er blickt zu Liesl. „Dann bist du auf einmal vor der Türe gestanden, ich hab Panik gekriegt, hab mich versteckt und bin dann irgendwann raus."

Langsam fügt sich das Puzzle zu einem Bild zusammen.

„Das war das Radl von deinem Vater vor der Tür?"

„Ja, ich hab es dann hinterm *Inferno* versteckt und bin zu Fuß durch den Wald heim, weil ich Angst hatte, dass du es wiedererkennst. Kann ich jetzt einen Schnaps haben?"

Liesl nickt und schenkt ihm ein.

„Es tut mir so leid, es tut mir alles so leid. Ich wollte dich nicht entführen, Liesl. Ich wollte nur das Packerl holen. Damit die Geschichte endlich aufhört und eine Ruhe ist. Aber dann bist du auf einmal vor mir gestanden und dann hat die Frau Doktor gegen die Tür gehämmert und ich hab Panik aufgerissen."

„Und wieso hast du eine Maske aufgehabt?", will Liesl wissen.

„Damit mich keiner erkennt. Da sind ja überall Kameras."

„Echt? Das hab ich gar nicht gewusst."

„Und wie sind Sie reingekommen?", will Magnus wissen.

„Ich hab einen Schlüssel fürs Geschäft", antwortet Tobias und wendet sich an Liesl, „ich wollte dich nicht entführen, glaube mir. Das ist alles aus dem Ruder gelaufen."

„Es wird Zeit", Magnus steht auf.

Liesl und Barbara haben Mitleid mit dem jungen Mann und hoffen, dass der Postenkommandant Gnade walten lässt: „Der Bua ist doch eh schon gestraft genug durch den Tod seiner Mutter."

„Und seiner Freundin", setzt Barbara nach.

„Komm ich jetzt ins Gefängnis?" Tobias blickt Magnus verängstigt an.

„Bei allem Verständnis, ich kann die Sache nicht einfach unter den Tisch fallen lassen. Herr Krug, wir fahren jetzt auf die Wache und nehmen ein Protokoll auf. Sie haben jemanden niedergeschlagen und entführt."

„Wer sagt, dass ich nicht freiwillig mitgefahren bin?", wirft Liesl ein. „Das Ganze war ja nur ein Spiel. So eine SM-Geschichte. Ich hab nur das Codewort vergessen.

„Posttraumatisch", wirft Barbara ein.

„Genau! Das war es. Es ist mir nicht und nicht eingefallen. Posttraumatisch, das war es."

Magnus kann nur den Kopf schütteln. „Wirklich sehr lobenswert, wie Sie sich für ihn einsetzen. Wir werden sehen. Wenn niemand Anzeige erstattet, wird die Angelegenheit vielleicht fallen gelassen." Das kollektive Aufatmen unterbricht Magnus gleich wieder: „Aber nur vielleicht. Das liegt nicht in meinem Ermessen."

Er reicht Barbara das Handtuch, die lächelt ihn freundlich an: „Kommen Sie morgen früh zu mir in die Praxis, dann schau ich mir die Wunde nochmal an."

„Danke."

„Sie müssen auch nicht warten, versprochen", grinst Barbara.

Für Liesls Empfinden schauen sich die beiden eine Spur zu lang in die Augen. Sie wendet sich an den Polizeikommandanten: „Sie wissen aber schon, Sie haben was getrunken. Nicht, dass die Polizei Sie aufhält."

„Vielleicht können Sie es ja für sich behalten, Lieselotte."

„Sollte ich hinbekommen", grinst Liesl.

Gleich drauf hat Magnus Tobias in seinen Dienstwagen verfrachtet. Die beiden Frauen blicken dem davonfahrenden Polizeiauto hinterher und setzen sich erschöpft und erleichtert auf die Bank vor Magdalenas Haus.

„Eine richtig schöne Sommernacht, findest du nicht?" Barbara wirkt nach langer Zeit mal wieder glücklich und zufrieden. „Ein Wahnsinn, dass man um die Zeit noch draußen sitzen kann. Ohne Jacke."

„Ja", stimmt Liesl zu, „es ist nicht alles schlecht am Klimawandel."

„Eigentlich ganz nett, unser Herr Polizeikommandant."

Liesl wirft ihrer Freundin einen Blick zu: „Hey, dein Mann ist heute erst ausgezogen und du flirtest schon mit einem anderen?"

„Ich hab nicht geflirtet."

„Okay, hast du nicht. Aber du bist bereit zu flirten."

„Na und? Mein Mann ist vielleicht heute erst ausgezogen, aber verlassen hat er mich schon am Tag unserer Hochzeit."

Dem kann Liesl nicht widersprechen, aber sie interessiert noch ganz was anderes: „Wie bist du drauf gekommen, dass wir hier sind?“

Barbara zieht das Stück Papier mit Magdalenas Adresse aus ihrer Tasche. „Unter der Anschrift von der Magdalena war bereits eine Adresse. Die hat nur jemand überklebt.“

„Und?“

„Es ist Evas. Es ist, wie Tobias gesagt hat. Nicht die Magdalena wurde erpresst, sondern die Eva. Sie hat das Paket zurückgeschickt. An ihre Erpresserin.“ Barbara zieht den Zettel raus. „Die letzte Warnung kam von der Eva. Auf der Rückseite von einem Gemeindebrief. Sie hat sich gewehrt.“

„Warte einen Moment!“ Liesl läuft zu Tobias’ Auto, das noch vor der Türe steht, und kommt mit dem ungeöffneten Packet zurück. „Der Tobias hat’s mir aus der Hand gerissen, bevor er mir den Sack übergestülpt hat. In dem Paket ist das Video drin, mit dem sie Walter erpressen wollten.“

„Adressiert an Franziska Kröll.“

„Franziska muss schon vorher von dem Video erfahren haben. Sonst hätte sie den armen Walter nicht grün und blau geschlagen.“

„Aber woher? Sicher nicht von ihrem Mann. Der ist viel zu feig dazu.“

„Sag mal, stellt die Post eigentlich auch in der Nacht Pakete zu?“

„Sicher. Ultra-Mega-Priority-Express!”

„Super. Dann fragen wir sie doch einfach selber.“

Vroooooom!

Das ist schon ganz was anderes, so ein kleiner Flitzer mit 165 PS und einem Sportfahrwerk. Wenn Barbara vorher gewusst hätte, welche Strecke sie nehmen, wäre sie garantiert nicht eingestiegen. Der Motor röchelt, als hätte er Asthma, und die Fehlzündungen klingen wie Raucherhusten. Die Kiste hängt am Gas wie ein Säugling an der Brust.

Liesl ist begeistert: „Glaubst, gibt's den auch in Gelb?"

Barbara hört sie gar nicht. Entweder, weil der Auspuff so laut ist oder weil sie heimlich betet.

Liesl ist schon beim Anfang der lang gezogenen Kurve auf 60 km/h. Mit ihrer gelben Feuerwerksrakete ist sie da sonst grad mal auf 30 km/h. *Vroooom*, zweiter Gang, *Vroooom*, dritter Gang. Barbara schließt die Augen. Der Tacho geht rasant auf 120 km/h. Kurvenausgang! Runterschalten. Noch 50 Meter bis zum Absprung. 40, 30, 20, 10, Null. Stille. Atemlos durch die Nacht. Als würde die Welt aufhören, sich zu drehen. Die Ziellinie beim Ortseingangsschild haben sie längst hinter sich gelassen. Sie fliegen mit Lichtgeschwindigkeit durch die 30er-Zone, 50 Zentimeter über dem Asphalt. Ob das strafbar ist, wenn man den Boden nicht berührt? Bitte Anschnallzeichen beachten. Fertig machen zur Landung. *BÄMM!* Liesl setzt mindestens so sauber auf wie ein Charterpilot in einem Urlaubsparadies. Sie hätte sich schon erwartet, dass ihre einzige Passagierin applaudiert. Aber was tut die? Sie schreit um ihr Leben. Dabei hat Liesl vorher extra das Verdeck aufgemacht, damit sich Barbara nicht wieder den Kopf anhaut.

„Fahr rechts ran!", mault Barbara sie an.

„Aber wieso denn? War doch ein sauberer Flug. Vielleicht ein paar Turbulenzen in der 30er-Zone, aber du wirst sehen, am Rückflug hab ich das im Griff."

„FAHR RECHTS RAN!!"

„Okay, okay, aber das kann man auch normal sagen.“ Liesl fährt rechts ran.

Barbara steigt wütend aus, stürmt um das kleine Auto herum und reißt die Fahrertüre auf: „Steig aus! Ich fahre!“

„Was, aber wieso denn?“

„Wenn du nicht willst, dass du das nächste Mordopfer bist, dann steigst du jetzt besser aus.“

„Okay, okay!“ Liesl weiß, wenn ihre Freundin so drauf ist, darf sie nicht widersprechen. Also steigt sie aus und nimmt am Beifahrersitz Platz. Des blöden Friedens willen.

Barbara gibt den ersten Gang rein und fährt ganz ruhig los. Ewig schade, denkt sich Liesl, wenn man schon mal in so einem Auto sitzt.

20 Minuten später stehen sie vorm Haus der Krölls. Es ist alles dunkel.

„Na bitte, das haben wir jetzt davon“, mokiert Liesl, „wenn ich gefahren wäre, wären sie noch wach gewesen.“

„Papperlapapp“, antwortet Barbara, noch immer angefressen. Sie schnappt sich das Paket und stapft auf den öden 80er-Jahre-Bau der Krölls zu. Liesl schließt noch schnell das elektrische Stoffdach des Fiat und folgt Barbara dann zur Haustüre.

„Und jetzt?“, will Barbara wissen.

„Klingeln wäre nicht schlecht.“

„Und was ist, wenn sie aufmachen?“

„Deshalb sind wir ja hier.“

„Schon, ja, aber was sagen wir dann?“

„Traritrara, die Post ist da!“

„Gute Idee. Spätestens dann habe ich keine Patienten mehr. Worauf hab ich mich da nur eingelassen? Liesl, du bist völlig verrückt.“

„Hab nie was anderes behauptet. Und du bist frei.“

„Frei? Wie meinst du das?“

„So, wie ich es sage. Dein Mann ist weg. Du kannst endlich die sein, die du immer sein wolltest."

„Moment, Moment, er hat sich jahrelang verstellt. Nicht ich."

„Bist du dir da so sicher?"

„Kannst du bitte endlich klingeln, bevor ich dir darauf eine Antwort geben muss?"

„Gerne", antwortet Liesl. „Zurück fahre wieder ich."

„Nur über meine Leiche."

Da geht das Licht im Flur an und Franziska öffnet die Türe in einem rosa Frotteemantel. Ein Wunder, dass sie keine Lockenwickler im Haar trägt.

„Traritrara, die Post ist da!", rufen die beiden in vereinter Tonlage.

„Sagts einmal, spinnts ihr?" Franziska schaut sie entgeistert an.

„Eilpaket!", kontert Barbara und fragt: „Dürfen wir reinkommen?" Sie betritt das Haus, noch bevor Franziska antworten kann. Liesl ist sichtlich beeindruckt von der neuen forschen Art ihrer Freundin. Walter, im Schlafanzug mit einbandagierter Schulter, steht am Treppenabsatz. Sein Blick verheißt das Ende der Welt. Zumindest seiner eigenen.

Barbara und Liesl marschieren ungebeten ins Wohnzimmer und stellen das Paket mitten auf den nichtssagenden Esszimmertisch. Der ganze Raum ist in ödem Braun gehalten.

Barbara verschränkt die Arme und blickt Franziska auffordernd an: „Magst es nicht aufmachen, Franziska? Oder weißt du eh, was drin ist?"

Franziskas Antwort kommt wie aus der Pistole geschossen: „Ich war auf der Toilette. Wie oft noch? Und plötzlich hab ich einen Schuss gehört."

Liesl und Barbara sehen einander irritiert an. Weil es bei Barbara so cool und selbstbewusst ausschaut, verschränkt Liesl nun ebenfalls die Arme: „Komisch, die Barbara hat dich doch gar nicht danach gefragt. Wie kommst du jetzt auf die Eva? Könnte es vielleicht sein, dass die Geschichte gar nicht so war, wie du erzählt hast?“

HICKS

„Grüß Sie, Frau Bürgermeister. Gratulation zum Wahlsieg“, sagen Liesl und Barbara gleichzeitig, als ihnen Franziska auf dem Gang zur Toilette begegnet. Ganz schön was los beim Leichenschmaus.

„Dankeschön“, antwortet Franziska, von einem Hicks begleitet. „Habt ihr mich überhaupt gewählt?“

„Wen sonst“, sagen die zwei wie aus einer Schreckschusspistole geschossen. Franziska kneift die Augen zusammen und lässt sich, dem Himbeergeist der Verstorbenen geschuldet, zu einer aufrichtigen Antwort hinreißen: „Ist ja auch egal. In Wahrheit. Wenn du die einzige Kandidatin bist, geht dir das am Arsch vorbei. Aber sagts es nicht weiter.“ Und schon ist sie in der Damentoilette verschwunden.

Gleich drauf kommt Eva Krug aus der Gaststub'n und marschiert entschlossen in Richtung Toilette. Liesl und Barbara wissen nicht, wie sie die Gefühlswelt der Frau Krug einzuordnen haben. Ist sie jetzt wütend oder verzweifelt? Aber noch bevor sie eine schlüssige Antwort darauf finden, schießt es auch schon aus Eva heraus: „Die tun grad alle so, als hätten s' eine Heilige begraben.“

Liesl versucht auszuloten, woher der Groll kommt: „Etwa nicht?“

„Hexenverbrennung hätt' besser passt. Wenn das so weitergeht, suchen s' noch um eine Audienz beim Papst an, zwecks Seligsprechung. Aber der Herrgott wird's schon richten. Früher oder später. Einen jeden von uns. Und die unheilige Magdalena im Speziellen.“ Dann zieht sie unvermittelt den Rotz hoch und stürmt der Frau Bürgermeisterin nach in die Damentoilette.

„Hui, da geht der Rauch auf,“ sagt Barbara und blickt der Inquisitorin beeindruckt hinterher.

„Aber kein weißer.“

Der verdammte Schluckauf ist ein Hund. Franziska lässt die Klospülung runter, richtet ihr schwarzes Kleid zurecht, sperrt die Kabinentüre auf und geht zum Waschbecken. Die Petra hat ihren Waffengürtel liegen lassen. Das gibt's ja gar nicht. Wie blöd kann man, hicks, eigentlich sein?

Da fliegt die Toilettentüre auf und Eva stürmt rein. Das hat ihr gerade noch gefehlt. Die hat ihre Gefühle überhaupt nicht im Griff. Das beim Begräbnis war ja nur peinlich. Nicht auszudenken, wenn die, hicks, Bürgermeisterin geworden wäre. Gottverdammter Schluckauf.

„Bist du jetzt zufrieden?," fährt Franziska Eva an.

Eva ist kurz irritiert und fragt: „Wie meinst du das?"

„So, wie ich es sage. Du bist sie los. Ein für alle Mal."

„Bist du betrunken?"

„Ich hab Schluckauf, das ist alles." Franziska will ein Papiertuch aus dem alten Blechkasten ziehen, aber der Mechanismus klemmt. „Himmelherrgott!"

„Wart." Eva schiebt Franziska rabiat zur Seite und versucht, mit den Fingern an das Papier zu gelangen. „Als ob ich die Einzige wäre, die froh drüber ist."

„Wovon redest du?", Franziska schaut Eva ratlos an.

„Geh, tu doch nicht so scheinheilig. Du hast doch auch schon das Video bekommen. Du hast es deinem Mann nur nicht gesagt."

„Was für ein Video?"

„Das, mit dem sie uns erpressen wollte. Das von mir und Walter. Das, in dem ich deinem Mann den Hintern versohle und noch ganz andere Sachen mache, für die ich mich heute schäm."

Franziska fällt aus allen Wolken. Sie hat bis zu diesem Zeitpunkt keinen blassen Schimmer davon gehabt. „Was!?", stammelt sie.

Jetzt dreht Eva erst so richtig auf: „Genug mit der ganzen Scheinheiligkeit. Mir reicht's. Weißt du, was ich jetzt tun werde? Ich werde jetzt da rausgehen und der ganzen Gemeinde die Wahrheit erzählen. Über mich, über die Magdalena, über deinen Mann und all die anderen, die in der Nacht auch noch dabei waren. Kannst dir schon einmal einen neuen Job suchen, Frau Bürgermeisterin."

Franziska reißt Eva herum und schreit sie an: „Spinnst? Das wirst du sicher nicht tun! Die Schamberger ist tot. Es gibt keinen Grund."

„Doch! Und zwar den da", Eva klopft sich mit dem Finger auf die Brust. „Anstand! Moral! Und Buße! Du hältst mich nicht davon ab. Du nicht!" Eva versucht, sich loszumachen, aber Franziska verstärkt noch ihren Griff.

„Du bleibst da!"

„Sicher nicht!" Eva macht sich mit Gewalt los und will zur Türe.

„Stehen bleiben!" Franziska richtet Petras Waffe auf sie.

Eva lacht nur abschätzig „Was willst jetzt? Mich erschießen? Dann tu es doch." Eva geht auf Franziska zu und stellt sich ganz nah vor sie hin. Sie blickt ihr direkt in die Augen. Dann greift sie in aller Ruhe nach der Waffe und umklammert sie mit beiden Händen. „Schieß doch. Dann ist es wenigstens gleich vorbei. Dann ist sie ein für alle Mal vorüber, die ganze Schande!"

„Hicks!"

In Evas Augen ist blankes Erstaunen zu sehen. Ist das Blut an ihren Händen? Schockiert und verblüfft zugleich sinkt sie zu Boden. Franziska steht wie versteinert da und sieht Evas Leben in der Unschärfe entgleiten. Jetzt ist er verschwunden, der verdammte Mörderschluckauf.

Nach dem Schuss sind Liesl und Barbara die Ersten, die die Türe zur Damentoilette aufstoßen. Auf dem kalten Fliesenboden liegt Eva, aus ihrer Brust rinnt Blut, in der Hand hält sie Petras Dienstwaffe. Ihr Gürtel liegt noch, schwer wie Blei, auf dem Waschbecken. Und grad wie Liesl die tote Eva erblickt, spielt ihr Kreislauf auch schon wieder Cha-Cha-Cha und sie rutscht mit dem Rücken die glatten Fliesen runter. Die Klospülung hört sie schon gar nicht mehr, das kriegt nur Barbara mit. Eine Sekunde später kommt Franziska aus der Kabine und hält sich geschockt und fassungslos die Hand vor den Mund: „Ich war auf der Toilette und plötzlich hab ich einen Schuss gehört."

Danke

„Willst du ernsthaft behaupten, der Schuss hat sich gelöst, weil du Schluckauf gehabt hast?“, Liesl kann nicht glauben, was sie da gerade gehört hat.

„Glaub es oder glaub es nicht. Es ist die Wahrheit“, antwortet Franziska und legt ihren Kopf an die Brust ihres Mannes. Walter legt zögerlich die Hand auf Franziskas Schulter, als wolle er testen, wie lange er einen Eisblock berühren kann.

Liesl greift nach ihrem Handy. „Wir müssen Magnus anrufen.“

„Lass mich das machen. Mir glaubt er.“

Barbara geht hinaus, um zu telefonieren, während Liesl sich an Walter wendet: „Bevor die Polizei kommt, eine Frage hätte ich noch. Was hat es mit diesem kleinen Büchlein auf sich. Keiner kann es mir beantworten.“ Sie zieht das schwarze Notizbuch aus ihrer Tasche und schiebt es Walter über den Tisch. Der blickt hinein und weiß nicht, ob er weinen oder lachen soll. „Ich hab gesehen, wie es die Eva heimlich in Magdalenas Grab geworfen hat. Es muss irgendeine Geheimsprache oder so was sein. Weißt du was darüber?“

„Du weißt doch, dass die beiden immer gestritten haben. Eva hat auf der Kirchenorgel bestanden, Magdalena auf der Gitarre. Magdalena hat zwar gewonnen, das heißt aber nicht, dass sie deshalb Gitarre spielen konnte. Sie hat sich nie die Akkorde gemerkt und das hat Eva fuchsteufelswild gemacht.“

„Ernst jetzt?“

„Ja“, Walter öffnet das kleine Buch. „C, Dm wie D-Moll, G, C, A-Moll, G. Das hier ist zum Beispiel ‚Danke für diesen guten Morgen‘.“

„Das ist ein Witz, oder?“ Liesl kann nicht glauben, was sie da hört.

„Nein, Eva hat der Magdalena alle Akkorde in das Büchlein

da geschrieben, damit sie sich nicht ständig verspielt. Aber wie die Eva es der Magda geben wollte, hat sie sie nur von oben herab angesehen und gesagt: ‚Geh, heb mir den Blödsinn für den Himmel auf. Dann freut sich der liebe Gott.'"

C   Dm   G
Danke für alle guten Freunde
C   Am G
Danke, oh Herr, für jedermann
C   F   Dm   C   G   C
Danke, wenn auch dem größten Feinde ich verzeihen kann

In Öd ist es doch am schönsten

„Endlich habe ich das Haus, das ich immer haben wollte“, lächelt Barbara und tunkt zufrieden den Pinsel in den weißen Farbeimer.

„Und du bist dir echt sicher?“, fragt Liesl und steckt den Kreuzschrauber in den Akkubohrer.

„Absolut. Bernhard fühlt sich in dem grauen Felsbrocken sowieso viel wohler und Mike muss nicht mehr im Lager schlafen.“

„Das meine ich nicht“, antwortet Liesl.

„Was sonst?“

„Ich meine, ob du dir wirklich sicher bist, dass du die strenge Kammer auflösen willst. Vielleicht kannst du sie ja doch noch mal brauchen.“

„Sicher nicht, es sei denn, du fährst wieder so Auto mit mir wie beim letzten Mal. Dann hänge ich dich da ans Andreaskreuz und mach dich nie wieder los.“

„Hm. Okay, von daher ist es vielleicht doch besser, wenn ich es abmontiere“, antwortet Liesl und setzt den Bohrer an. Barbaras Handy klingelt.

„Dr. Gapp. Oh, Magnus, hallo. Ja, ich bin gerade in meinem neuen Zuhause.“

Sofort quatscht Liesl ihr dazwischen: „Ist jemand gestorben?“

„Psst“, deutet Barbara genervt und spricht wieder ins Telefon. „Ja, sehr gerne. Bis später.“ Barbara beendet mit einem Lächeln auf den Lippen das Telefonat.

Liesl ist furchtbar neugierig: „Was ist denn passiert?“

„Nichts. Er hat eine Einladung bekommen. Vom berühmten Adam Möschl. Zu dessen 65sten und hat mich gefragt, ob ich ihn begleiten möchte.“

„Tatsächlich?“

„Ja.“

„Lustig, dann sehen wir uns ja dort.“

„Wieso?“

„Weil mich die Rita vom *Jägerwirt* gefragt hat, ob ich ihr beim Catering helfe.“

„Dann können wir nur hoffen, dass keiner stirbt.“

„Wie kommst da drauf?“

„Weil immer irgendwer ums Leben kommt, wenn du in der Nähe bist, liebe Liesl. Auch wenn's am Ende keiner war.“

Und jetzt ist Liesls Geschichte aus.
Zumindest vorerst.